奈落

古市憲寿

Noritoshi Furuichi

新潮社

奈落

6139

62番目の染《し》みの隣には、小さな窪《くぼ》みがある。ピアノ教室を休みたかった私が、メトロノームを天井に叩きつけた時にできた跡だ。あんなに嫌だったピアノなのに、今では鍵盤を叩く感触を思い出すと泣きそうになる。

63、64、65、66。四つの染みは、カーテンレールのすぐそばに星座のように並んでいる。偽十字座という名前をつけたのは、目を覚ましてから2066日目。今日から4073日前。暗算ばかりが上手になってしまった。

歪《いびつ》な偽十字の隣では、色褪せたレースのカーテンが風に揺れている。施された花柄の刺繍《ししゅう》が、一層デザインを土臭く見せていた。こんなに長く眺める羽目になるのなら、母が自慢げに買って来たその日に引き裂いてやれば良かった。当時から我慢できないほど野暮ったいと思っていたのだから。

情けないのは「かわいいでしょう」と笑う母に思わず「ありがとう」と返事をしてしまったことだ。中学生の頃の私は、センスも知性もない母に何を伝えても無駄だとあきらめていた。どうせ数年で出て行く予定の、親から与えられた部屋に権利を主張するのも馬鹿らしいと思っていた。

67、68、69。中学校の卒業アルバムの隣には、ピンクの背表紙の文集が並んでいる。70、71、72。高校三年生の三月で止まったままの壁掛けホワイトボードの上には、丁寧に額縁に納められた大学の合格証書。それがまだあの人たちにとっては大切なのか。73、74、75、76。真っ黒いテレビデオの横には、無造作に置かれたたくさんのビデオテープ。きっとほとんどが当時の出演番組なのだろう。77、78。アンモニアの消毒液と、排泄物《はいせつぶつ》の混じった臭いには今でも慣れない。79。いくらそれが自分のものだったとしても。80。あの人たちは何も思わないのだろうか。

79、80、81。数字を数えるのはピアノを弾くのに少し似ている。ミソラソラ。何気なくピアノで弾いていただけなのに、ラの音が鳴った時に自然と涙が出そうになって、その勢いで一曲を作ってしまった。私が生まれて初めて作った曲は、今でも頭の中で急に響き出す。

間違いない。天井の染みの数は今日も81だった。起きるたびに、必ず81を数えるようになって、もう何千日が経つだろう。鍵盤の数には7つ足りないけれど、何度も私を救ってくれた魔法の数字。

そういえば子どもの頃は、頭を打った時、自分が正常であることを確かめるために、よく九九の七の段を復唱していた。奇数が多くて、法則性に乏しい上に、リズムの取りにくい七の段。しちいちがしち。しちにじゅうし。「しち」ではなく「なな」だっただろうか。なないちがなな？　なないちはなな？　やっぱり、しちいちがしち？

すぐに思い出せないことはたくさんある。サザエさんに出てくる伊《い》佐《さ》坂《さか》先生の娘の名前。島根県の県庁所在地。1は煙突、2はアヒルで始まる数え歌の3。逆立ちをすると軽くなる生き物。海《うみ》くんの電話番号。気になったことをすぐに調べられないのは、いつまで経っても慣れない。姉や母が持つあの小さな板を使ってインターネットに接続すれば、答えはすぐにわかるはずだ。

子どもの頃から、図鑑で調べものをするのが好きだった。もう題名はおぼろげにしか思い出せない。毎日のように何度も読んだはずなのに。あの黄色い背表紙の本は何だっただろう。表紙にドーナツ型のスペースコロニーが描かれた小学館の図鑑。写真のようにこびりついているページならいくつもある。観光用のスペースシャトルで宇宙旅行を楽しむ人々。4・3光年離れた恒星《こうせい》へ向かう光子ロケット。

この部屋からさえ抜け出せなかった私にとって、途方もない規模で語られる宇宙の物語は胸が躍った。いつか大人になったら、この家やこの街どころか、地球さえも脱出できる。しかもその日は、あまり遠くない未来。そう思うたびに早く大人になりたいと思った。それがまさか大人になってからまた、この部屋に閉じ込められることになるなんて。

だから、やたらこのベッドで宇宙の夢を見てしまうのだろうか。一日に何度も朝が訪れる地球周回軌道上のホテルから、無数の光が明滅する地上を眺める夢。

女の子なのに宇宙が好きなのね。そう言ったのは祖母だったか。手を伸ばすことができれば、図鑑はすぐそこにあるはずだ。金属の本棚の二段目。きっと卒業アルバムの二冊隣。それにもかかわらず、もう一生、そのページを繰《く》ることはできないのだろう。だけど、その程度のことならあきらめるのは容易《たやす》い。図鑑で得た知識や、抱いた感情はとっくに自分の一部になっているはずだから。

今日も時間通りにインターフォンが鳴る。月曜日の朝だから清水くんだろう。小太りで猫背の上に、歯並びが悪いせいでまるで垢抜《あかぬ》けない見た目だが、痩せれば悪くない外見をしている。整形と矯正でもすればいいのに。

整形手術をするにしても、目と鼻と口の位置を動かすことはできない。清水くんの顔は整形向きだ。整形といえば、去年まで来ていた山崎はひどかった。プロテーゼを入れて尖らせた鼻に合わせて、おでこや頬にヒアルロン酸を注射したせいか、顔全体が球体のようになっていた。介護の仕事だけで整形費用がまかなえるとは思えないから、夜はきっと西小岩や葛西あたりで働いていたのだろう。

仕事も雑だったので、彼女が結婚を機に辞めると知ったときは嬉しくて仕方がなかった。頼んでもいないのに山崎は結婚相手の写真を見せてきた。彼女と同じく、鼻とあごからプロテーゼが飛び出しそうになっている金髪の男。お似合いだと思った。結婚相手を探す時に、イメージをよくするためのアリバイとして介護職に就《つ》いているのだろうという見立ては外れたけれど。

「香織さん、おはようございます」

大きくウサギがプリントされた格好悪いエプロンをした清水くんが部屋に入って来た。エプロンの下には長袖のスウェットとデニム。縫製は悪くないものの、サイズが身体と合っていない。清水くんは足が細いのだから、スキニーでも穿けばいいのに。パンツさえ絞れば、誰でも多少はお洒落に見せることができる。

できれば腕まくりもさせたい。手首をきちんと露出させたほうが、バランスがとれて痩せて見えるから。太った人のファッションは、首や手首、足首といった細い部分をきちんと見せるのが基本だ。家庭科の教科書にでも載せれば、この国から見苦しい人の数が少しは減ると思う。

今日も外は暑いのか、うっすらと汗をかいている。中年男性の加齢臭は問題外だけど、若い男の子の汗の匂いは嫌いじゃない。まだ大学を卒業して間もないはずだから20代前半のはずだ。

遅れて父も部屋に来る。着古したポロシャツと、随分と高い位置でベルトを締めたスラックス。美術館通いが好きなはずなのに服のセンスは皆無だ。

清水くんと父は手際よくスリングシートを身体の下に敷き込み、リフトを使って私を車椅子に乗せる。清水くんの汗がシャツ越しに私の肌にも滲《にじ》んだ気がした。唐辛子のような匂いがする。まるで父の臭いをかき消してくれるようで嬉しい。腕には、安いカシオの時計が巻かれていた。物価が変わっていなければ1200円くらい。私が車椅子に乗ったのを確認すると、父は自室へ戻っていった。

清水くんに押されて玄関前の廊下を通りリビングへと向かう。昔は玄関には大きな姿見が置かれていたのに、今では私のポスターが貼られている。ロンドンのバタシー発電所の前で、真っ赤な服を着て、おもちゃの銃を構えていた。白い大きな文字で「KAORI FUJIMOTO」「1998.8.5 in stores」と書かれている。CMとプロモーションビデオの撮影を兼ねて行ったイギリスでは、結局予定の映像を撮りきれなくて、足りない部分は川崎の工業地帯で何とか補った。もともとセピア色の写真だから、今でも色褪せて見えないのが嬉しい。きっと清水くんの年齢だと、私をリアルタイムで観たこともないのだろう。

リビングでは姉がテレビを眺めていた。どこに行く予定もないだろうに、真っ赤なサテンシャツを着ている。この数年、好んで着ているグッチのはずだ。襟《えり》から首の肉がだらしなくはみ出ている。世界一不幸なグッチだと思った。彼女は私を一瞥《いちべつ》すると、テレビに視線を戻す。朝のワイドショーでは、東京オリンピックまでついに二年を切ったというニュースが放送されていた。

8畳のリビングには無造作にいくつもブランドのバッグが置かれている。その高級品とは不似合いなインテリアは、私が子どもの頃から変わっていない。ビニール製の安いテーブルクロスの掛かった平井の島忠で買ってきたテーブル。明るいだけが取り柄の真っ白な蛍光灯。ピンクの食器棚。日に灼けた壁紙。天井から吊された黄土色のハエ取り紙。調和という概念が一切存在しない部屋。

服やバッグに使うお金があるなら、家をリフォームするなり、インテリアを買い換えるなりすればいいのに、姉たちにその発想はないらしい。金遣いは荒いくせに保守的な人々。彼らは最も資産を残せない。

この家を出て一人暮らしをしていた頃の私は、部屋に一つとしてセンスの悪いものを置きたくなかった。マイケル・ヤングのソファに、ペインティングしてもらったイームズのシェルチェアを並べて、壁には奈良美智《よしとも》の絵やロバート・フランクの写真を飾る。もちろん、何が格好よくて、何が格好悪いかなんて主観でしかないし、時代と共に移り変わってしまうけれど、あの時の私の部屋は間違いなく素敵だった。

なぜなら、私がいいと思うものを、少なくない人々がいいと思ってくれていたから。雑誌では、私が選んだファッションやインテリアの特集が何度も組まれた。ヘルムートラングのシャツとかコズミックワンダーのデニムとか、流行させたものは一つや二つではないと思う。

できたばかりの恵比寿のタワーマンションの32階。東京中のビルが見渡せそうな部屋で、毎晩のように友達を呼んでパーティーを開いた。朝方まで飲んで、寝ないで現場に向かう。仮眠は移動中に済ませて、プロモーション期間中は膨大な収録や取材をこなす。どんなに仕事が遅くまでかかっても、夜を一人で明かすのは嫌だった。よく体力が持ったものだと思う。

今から思えば、全てが夢のようだった。四六時中けたたましくて、とにかく色鮮やかだった日々。私が閉じ込められた江戸川区の片隅の民家とは、信じられないくらい隔たった場所。初めて海くんと会ったのも、そんな慌ただしい夜の中の一日だった。

いじわる爺《じじい》のような司会者がスポーツについて熱弁していたワイドショーからCMに変わり、今夜放送される歌番組の宣伝が流れ始める。平成ヒットソング特集と聞いてそわそわした。SMAP、安室奈美恵、ポケットビスケッツ、globe、ZARDと平成を彩《いろど》った新旧のアーティストの映像が次々に現れ、消えていく。

その中に一瞬、私の姿も映った。

40kgにも満たない華奢《きゃしゃ》な身体に、真っ黒いディオールのワンピースを着ている。よく手入れされた金髪は胸元まで伸びていて、顔が小さい分だけ黒いアイラインの引かれた目が大きく見えた。高音のロックバラードは最もセールス的に成功した7枚目のシングルだ。私が作詞作曲をしたことになっているけれど、半分くらいは海くんに手伝ってもらった。

「清水くん、観た？　今、一瞬だけ香織が映ったの」

「台所に行ってたんで、観てなかったです」

清水くんはストローのついたペットボトルを持ってきてくれた。それをゆっくりと私の口に入れてくれる。息を吸うように、水を飲み込む。医者に指示された通りに、清水くんは律儀に15分ごとに水分補給をしてくれる。画面の中にいた私にはまるで関心がないようだ。それでいいと思った。

「テレビ局から連絡が来てたけど、二曲も流してくれるんだって。覚えてた？　今年は香織のデビュー20周年なのよ。最近はサブスクもあるから、テレビの効果って馬鹿にできないの」

信じられないほどの時間が経ってしまった。

あの事故がなかったとしても、現役を続けられたかどうかが怪しいほどの期間だ。実際、テレビで観なくなってしまった知り合いは多い。海くんも、とっくに現役を退いてしまって、今では裏方の仕事が多いのだという。

「清水くん、おせんべいでも食べない？」

姉は自分が食べていたサラダせんべいを清水くんに勧める。どうせ太るのならば、もっといいものを食べればいいのに。サブスクというもののおかげで、この前も数百万円の印税収入があったらしい。

「まず香織さんの朝ご飯を作っちゃいますね」

清水くんは台所へ行き、私のためにご飯を作ってくれる。本当は久しぶりにおいしい中華でも食べたいが、今の私には望むべくもない。去年、海くんが来た時に教えてくれたFurutaなんて、きっと一生行く機会なんてないのだろう。私には、年に一度だけ来てくれる海くんとテレビしか情報源がない。あれからどれだけの新しいお店が誕生したのだろう。せめてインターネットを自由に使えたらいいのに。

白いご飯と焼き鮭、そして味噌汁。20年前の私なら絶対に食べなかったものばかりが食卓に並べられる。毎日、メニューは代わり映えしない。昨日は焼き鮭の代わりに卵焼き、その前はスクランブルエッグといった具合だ。

清水くんは私に料理の匂いを嗅がせた後で、食事をミキサーにかけていく。ドブ水のようになった液体をお椀によそい直して口の奥に入れてくれる。だけど、ご飯だったものを二口と、鮭だったものを一口だけ食べて、もう口を閉じてしまった。清水くんは少し悲しそうな顔を見せたが、それ以外の意思表示ができないのだから仕方がない。ただの流動食では味気ないと攪拌《かくはん》前の食事を見せてくれるのは清水くんの優しさだ。だけどそもそも私は焼き鮭も味噌汁も好きではない。

嚥下《えんげ》もできなかった事故直後に比べて劇的な回復だと医師や看護師は言うが、それならばこの口を使って話せるようになりたい。さすがに歌うことはあきらめたから。

「香織、またこんなに残したの？　食べなくちゃだめよ」

二階から母が降りてくる。姉よりも太った母は、白いTシャツに水色のジャージを着ていた。片付けでもしていたのだろうか。本当なら老人が必要以上に食事を摂る方が身体に悪いと言いたいところだ。

母は、山崎に教わったのか、おでこにボトックスを入れ始めた。おそらく山崎と同じ美容整形外科に通っているのだろう。美容整形は医師の好みや癖が出やすい。顔は一ヶ所でも手を入れると、それに合わせて他の部位もいじりたくなってくる。もしも私が母の顔だったら、頬をリフティングして、鼻にヒアルロン酸も入れたい。

自分の顔が気に入って若返りを望む人間の整形は、ボトックスから始まることが多い。次第に歯止めがきかなくなると、あごや鼻先にヒアルロン酸を入れたり、フェイスラインに脂肪溶解注射も打ち出す。最終的には、顔が膨らんでしまうか、あごが縦に伸びすぎてしまう人が多い。美容整形の技術は20年間で大きく進化したはずなのに、テレビを観ている限り、顔をいじることにはまってしまった人々の末路は、大きく変わらないようだ。

「夜の歌番組、香織も出るんでしょ。ほら、ここにちゃんと名前出てるじゃない。藤本香織って。ねえ、お姉ちゃん、録画予約したの？」

母は新聞のテレビ欄を指差しながら姉に尋ねる。テレビは画質も大きさも20年ですっかり変わったのに、新聞だけはそのままだ。薄くてざらざらした紙に、必要かどうかもわからない情報がびっしりと書かれている。その時代に取り残されそうな紙に、同じくすっかり時代から置いていかれた藤本香織の名前が記されていた。

「どうせVTRなんだからいいじゃん。後からCXの人にいえば、DVDも送ってくれるだろうし。ママは香織が好きね」

普通にフジテレビって言えばいいのに。姉はぶつぶつと文句を言いながらリモコンをいじる。母は私の隣に座り、ミキサーにかけなかった残りの味噌汁を飲み出した。

「薄味ね。香織はもっと濃い味が好きなんじゃないの」

不正確だった。私は味噌汁が嫌いだ。本当は清水くんが作った料理は、私以外が食べるべきではないのだが、彼は何も言わずに笑って何度か頷く。

母は小言を言いながら、すっかり泥水のようになった焼き鮭と味噌汁も完食してしまった。その後、冷蔵庫からコーラを出してきて、大きなマグカップで一気に飲み干す。母の行動を観察していると、一つ一つの細かな選択肢の積み重ねの結果が、今の体型だということがわかる。

人はある日、急に太り出すわけではない。太ると太らないという選択肢があると、常に太るほうを選んできた人が太るのだ。概して整形にはまる人というのは、首から下に無頓着である。夜の銀座みたいな顔を目指すにもかかわらず、首から下は埼玉のイオンモールでいいという感覚がいまいちわからない。

ワイドショーが終わると、もう一度、今夜の歌番組のCMが流れた。さっきとは違う瞬間を切り取った映像が画面に映る。大きな目で真っ直ぐとカメラを見据えて、自信たっぷりに歌う私の姿。おそらく、事故の数週間前の姿だ。力強くて、凜々しいと思った。もう戻りたいわけでもないし、戻れるとも考えていない。ただ、そう客観的に受け止められるくらい、時間は流れた。

清水くんが水を飲ませてくれる。その時、ちょっと首が前に傾いてしまって、自分が着ている服が見えた。しわしわになった黄色い花柄のシャツ。グッチとは言わないから、せめてユニクロの無地のシャツでも着させてくれたらいいのに。

ある日、急に太ることはできなくても、ある日、急に人生が変わることはあり得る。今から6172日前、17年前の夏、私は奈落へと落ちた。

*

夜眠る前、香織の部屋を覗《のぞ》くことを日課にしている。身体中がチューブにつながれていた事故直後と比べて、娘は信じられないほどの回復を見せた。何せ今では自分で呼吸をして、ちょっとした食事までができるというのだから。

部屋に入り、少し開いたままになっていたカーテンを閉める。香織が中学生の頃に買ったものだから、もうさすがに色褪せてしまった。だけど彼女のお気に入りなのだから新調はしたくない。私が生協のカタログで選んだカーテンを、香織が嬉しそうに何度も眺めてくれたのを昨日のことのように覚えている。感情表現が苦手で無口な娘だったから、余計に「ありがとう」と言ってくれたのは嬉しかった。

思春期に入ってから私を口汚く批判するようになった彼女が口にした、たった一度だけの感謝。香織にとっても私にとっても、大切なカーテンだ。

うつろな目をした香織の頬にそっと触れる。まるで赤ちゃんのような表情をしている。私にそっくりのかわいい娘。ぽとりと汗が彼女の顔に落ちた。エアコンの設定温度を高くしてあるせいだ。顔の汗を香織に着せたTシャツで拭《ぬぐ》う。部屋を出ようとすると、カーテンがかすかに揺れた。窓が少し開いたままだったようだ。夜風が部屋に入り込んで来る。夏の蒸し暑い空気が肌にまとわりつくのが不愉快で仕方がない。

1

気が付くと、私は白くくすんだ世界にいた。ここはどこなのだろう。すぐ近くには見覚えのある女性が立っていた。彼女は私に気付くと、絶叫に近い大声を上げてどこかへ行ってしまう。もう少し夢の中にいたかったのに。

子どもの頃から何度も見てきた、憧れの宇宙旅行に出掛ける夢だ。地上を離れようとする機内では、耳障りな重低音と甲高い金属音が響いていた。小さな窓がついていて、空と海の間に伸びた脆弱な水平線が湾曲していくのが見えた。真夏の太陽光線が人工島に浮かぶピラミッド形のアーコロジーを照らす。繰り返し読んだ図鑑に載っていた未来が全て叶ったような世界だった。

にわかに慌ただしくなる中で、ぼんやりと空を眺める。それは空などではなく、ただの汚れた白い天井だった。視界の隅に透明なチューブのようなものが見える。かろうじて瞼だけは動かせるものの、身体は一切の自由が利《き》かない。指先から足先まで、まるで自分のものではないようだ。

眼球だけが透明な箱に閉じ込められてしまったような気分だった。

ぼんやりとした意識で、何があったのかを思い出そうとする。さっきの女性とジャガイモのような顔をした男の子がベッドに近寄ってきた。ライトを目に当てられる。眩しい。そういえば、私は光の中にいた。歓声。そして悲鳴。

そう、私は転んだんだ。ただ転んだくらいで、なぜ彼らはここまで大騒ぎしているのだろう。

再びあの女性が近付いてきて、私の手を握りしめる。その手を握り返すことはできなかったけれど、しっかりとその体温は感じることができた。涙声になって何かを叫んでいる。よかったね、よかったねと繰り返しているのか。ついには男の子の制止を無視して、私に抱きついてきた。

その人は私の母だった。

それに気が付くと同時に不思議な気持ちになる。果たして私は、こんなに母と仲が良かっただろうか。18歳で家を出てから、実家に帰ったことは一度としてない。姉と仲の良かった母は、私をずっと邪険にしていたはずだ。その母が、どうして私を抱きしめるのだろう。

身体を動かそうと思っても自由が利かないので、目の前にはずっと母の顔がある。実の親だけあって、目鼻立ちはよく似ている。小動物のような大きな目と、少し分厚い唇。ほとんど手入れをしていないせいで、いかにも下町のおばさんという風体だが、美しいという言葉さえ違和感がない整った顔。今は大声で泣いているせいで、くちゃくちゃになっているけれど。

母自身、その恵まれた容姿には自覚的だったと思う。子どもの頃はよく、若い頃の写真を見せられた。当時としては珍しい一人っ子だったせいか、それほど裕福な家ではなかったはずなのに、上質な服を身にまとっていた。写真では決まって母の周りを男の子が囲んでいる。異性からもてたというよりも、ただ単に女から嫌われていたのだろうと思った記憶がある。

実際、母はどんなに小さくてもいいからクイーンダムを作りたがるタイプの人間だった。自分よりも鈍臭い父を結婚相手に選んだのは、きちんと統制を利かせたかったからだろう。岐阜の農村出身で高校教師をしている父親は、家では全て母の言うことに従っていた。

しかし私だけは、母の家臣になりきれなかった。

ほとんど仕事をした経験のない母が家で威張っている姿には納得できなかったし、

その世界の小ささにいつも呆れ果てていた。母の国は、家と親戚、町内会、そして私たち子どもの保護者会で完結する。その中で女王であろうとすることに異様なまでに努力を傾注する母をずっと軽蔑していた。だから家ではずっと部屋に立て籠もり、図鑑に囲まれて過ごすのが日課だった。

母もまた私を苦手としていたはずだ。特に私が世の中で注目を浴びるようになってからは、電話も一切来なくなった。小さなクイーンダムの女王にとって、有名人の母親というポジションは居心地が悪かったのだろう。ワイドショーやスポーツ新聞の取材が実家まで行った時は、けんもほろろに追い返されたらしい。

それなのに一体、何があったのか。母はまだ私の胸の上で泣き続けている。

急に不安になってくる。もしかしたら私はどこか違う世界に飛ばされてしまったのではないか。それともあの日から、とんでもない時間が経ってしまったのではないか。ひょっとして私は死期の近い老人になってしまったのか。

いや、そんなわけはない。少し太ったとはいえ母はそれほど老け込んでもいない。

先ほどの若い男の子が、白衣を着た高齢の男を連れてきた。どうやら彼らは医師らしい。骸骨《がいこつ》のような見た目の、今にも倒れそうな風貌だった。彼は丁寧に母をどかすと、ゆっくりと私の目を覗き込んでくる。

「藤本香織さんですね。わかりますか？　私の声が聞こえますか？」

わかる。聞こえる。だけど声が出ない。口も声帯も動かない。この時になって初めて、私は事の重大さに気が付いた。自分は今、とんでもない状態にあるのではないか。何とか合図をしようと思って、小さく瞬きをしてみた。それが白衣の人々に認識されたかどうかはわからない。

高齢の男性は、何度も大きな声でゆっくりと話しかけてくる。

「私は医師です。ここは病院です。わかりますか？」

わかります。今度はさっきよりもきちんと声を出そうとしてみたがだめだった。まるで自分の身体ではないみたいに全身が動かない。右手の親指、人差し指、中指、薬指、小指。次は左手。そして右足。左足。右頬と左頬も。順番に確かめたけれど、どこも微動だにしない。

「あなたはステージから落ちたんです」

医師は私の瞳を何度も覗き込んで来る。わかります。何度もそう伝えようとした。しかし鉄製の拷問具で固定されたように、身体中、どこの部位も動かない。

一体、何が起きてしまったのか。理解は追いつかないけれど、記憶だけは鮮明になってきた。あれはツアーが始まったばかりの代々木第一体育館。何のトラブルもなく一日目が終わり、二日目が始まった。子どもの頃に好きだった図鑑からヒントを得て、レトロフューチャーをテーマにしたステージを作ってもらった。空飛ぶ車やロケットが行き交う、実際には来なかった21世紀の風景を詰め込んだ舞台は、2001年に開催するライブにふさわしいと思った。

デビューからの三年はあっという間だった。CDを発売する。ラジオで曲がかかる。ミュージックステーションに出演する。オリコンで1位を取る。漠然と抱いていた夢は全て叶ってしまった。家を出て、夢が現実になるにつれて、歌いたいことは減ってしまったけれど、声援に包まれている間だけは、楽観的になれた。

まだ私の人生には多くの余白が残されていて、それをどんな色で埋めていけるのかが楽しみで仕方がない。そう信じることができた。

デビュー曲を歌い終えて、ステージが暗転する直前だった。私は、丸い窓が特徴的な宇宙船のようなサブステージから足を滑らせた。床に落ちるまでの間は、スローモーションのようでもあったし、一瞬でもあった。歌手がステージから落ちるのは決して珍しいことではない。今日もすぐにライブが再開できればいいけど。そんなことを冷静に考えていた。

大きな音を立てて身体が床に打ち付けられる。痛くはなかった。身体を強く打ったせいか息はできなかったけれど、頭は冴え渡っていた。喚声と悲鳴の中で、まるで私だけが地中に落ち込んでしまったような感覚になる。

視界の限り世界は白い。まるで天井が白い海のように見えた。

Cメジャースケールのような質素で清らかな空間。数え切れないくらいの光が跳ねて、それが星座のように輝く。その光があまりにも強烈で、目を閉じそうになる。

このまま死ぬのかなと思った。だけど、私は必死に目を開け続けた。この光景を見ておかないとだめだ。だってまだショーは終わってないんだから。

「藤本香織さん、わかりますか？　あなたがステージから落ちて一ヶ月が経ちました。わかりますか？　少しずつ治していきましょう」

一ヶ月という期間にぎょっとする。それほどの長い間、眠り続けていたというのか。本当にそんなことってあるのかな。だって代々木のステージはつい昨日のことのように思い出せる。

もしも本当に一ヶ月が経ったというのなら、海くんの誕生日も過ぎてしまったことになる。今年は何とか休みを作って一緒に海外にでも行こうって話していたのに。その後のツアーや制作予定のシングルはどうなったのだろう。

それだけじゃない。誰か「救命病棟24時」の最終回を録画していてくれたのかとか、ハチと章司は本当に別れてしまったのかとか、携帯電話に保存してある画像が誰かに見られていないかとか、どうでもいいことも気になった。

今すぐ事務所の人間に確認したかったが、彼らが来たところで今の私は何も話せない。母の泣き声がうるさい。

＊

正直に告白すると、あの時の私は不思議な高揚感に包まれていた。

第一報は午後8時頃だったと思う。8月だというのに少し肌寒かったあの夜。リビングでテレビを観ていた私のもとに一本の電話があった。香織がライブ中にステージから落ちたというのだ。

夫に運転させた車に乗って救命救急センターに駆けつけた。助手席に座っている間中、家を出てから一度も会っていない娘にどうやって対峙しようか考えていた。

だけど全くの杞憂だった。香織は手術中だったが、その場に居合わせた誰もが私に気を遣い、懸命に励まそうとする。その時、私は自然と泣き崩れ、娘を愛する母親そのものになれていたのだ。

香織は三回の手術を経て一般病棟に移されたが、鎮静剤で眠らされている状態が続いていた。日が経つに連れ、見舞客は減っていったが、私は一日も欠かさずに病院へと向かった。JRと地下鉄を乗り継いで、しかも駅から病院までは歩いて10分以上かかったが、言葉を発さない香織といるのは全く苦痛ではなかった。

病室はあまりにも殺風景だったので、壁にバラのポスターを貼ったり、エッフェル塔の置物を置いてみたりした。本当は地味なカーテンも変えたかったのだけど、規則だからといって断られたのは残念だ。

周囲は一日も早く元気になることを祈っているようだったが、私は複雑だった。誰にも言えなかったが、香織にはこのまま意識を取り戻して欲しくない。そんなことをうっすらと思っていた。だから鎮静を解かれ、目を覚ました香織を前に号泣してしまったのは自分でも不思議だった。

正直に告白すれば、それは嬉しさよりも動揺の涙であったと思う。

9

一ヶ月にわたる眠りから目を覚ましたというのに、私は日がな、病室のくすんだ天井を見ていた。今日でもう9日。どういう訳だか、何も話せないし、身体が全く動かない。何度も悪い夢を見ているのだと思ったが、どうやらここは、きちんとした現実世界であるらしい。

その証拠に、しっかりと感覚だけはあるのだ。それが本当にたちが悪い。頬がかゆくなった時。髪が少しだけ目に入ってしまった時。右手の位置を少し変えたくなった時。鼻をすすりたくなった時。痰《たん》が喉元にたまってしまった時。脇の下の汗を拭きたい時。喉が渇いて仕方がない時。それを誰に伝えることもできなかった。

せめてもの救いは、時々あの夢の続きを見られたことだ。地球周回軌道に浮かぶ宇宙ホテルに私は滞在しているらしい。汚れが一つもない真っ白い客室には、丸形の小さな窓が三つ並んでいた。スーツケースを置いてベッドから窓の外を覗き込むと、漆黒の闇が広がっている。子どもの頃から憧れていた闇の世界。この病室の天井にもせめて窓がついていたらいいのに。

どうやら私は、あまり信頼のおけない病院に担ぎ込まれてしまったようだ。骸骨みたいな医者はぶっきらぼうな回診を繰り返すだけだし、若いジャガイモ顔の医師はいつもメモを取っているだけだ。

もう21世紀だというのに、ただステージから落ちただけで一ヶ月以上も身体が動かないなんて本当にあり得るのだろうか。ただ彼らが藪《やぶ》医者なだけじゃないのか。絶対にもっといい病院があるはずだ。医療に詳しい知り合いが頭の中に何人も浮かぶが、どちらにせよ今の私には電話を掛けることさえできない。病気の友達や知り合いもいなかったし、これから自分がどうなるのか全くわからない。

この病院はやたら検査が多い。特に針は、毎日のように刺された。

子どもの頃から注射が嫌いだった。予防接種があるとなると一週間前から自分の中でカウントダウンを始め、前の晩にいたっては、絶対に眠りに落ちたくなくて、目元に少しだけウナコーワを塗る。それでもどこかで眠りに落ちて、朝を迎えてしまう。

当日も保健室に入る前から、いつも恐怖で泣き崩れそうだった。クラスの中で一匹狼を気取っていた私としては、そんな場面で失態を見せるわけにはいかなかった。震える足がばれないように、さも何事でもないように医師に手を差し出していた。だから消毒液の匂いを嗅ぐたびに、あの小学校の頃の記憶が鮮明に蘇《よみがえ》る。

どうせなら痛覚も消えてしまえばよかったのに、どの針もきちんとした痛みを伴っていた。医師や看護婦が病室に入ってくるたびに身がすくむ思いがする。だから扉が開いて母が枕元に来た時は、嬉しくて仕方がない。あんなに嫌いだった母なのに、針を打たれないというだけで、彼女がとんでもない救いに見えてしまう。

点滴や血液検査の時は、平気で何度も打ち間違えが起こった。さすが低級病院である。何度も針を刺すうちに血管を探すのが大変になってくるのかも知れないが、そのたびにしっかりと痛みを感じるのだからたまらない。何の反応もできない私に対して、看護婦たちはまるで林檎を切るかのような気軽な調子で、一切の躊躇《ちゅうちょ》なく繰り返し針を刺してきた。

ある日は急に看護婦が訪れ、二人がかりで身体を横向きにされ、腰のあたりを丸められた。乱暴にアルコール液で消毒されるあたりから、不安で胸が覆い尽くされる。看護婦たちは一切、何の説明もしてくれない。普段、身体を拭いてもらう時とはまるで勝手が違うので何かをされるのだろうとは思った。

果たして、腰にゆっくりと注射針が打たれる。腰全体が重機で押しつぶされたのかと思った。だけど絶叫することも拒絶することもできない。一度だけかと思った針は二度目も刺された。ずっと心の中で、三度目の針が訪れないことを祈るしかなく、今の自分の非力さを呪った。

私は、自分の姿を知ることもできなかった。病院の天井には鏡なんてついていない。身体を起こされる時に、何とか窓に目線を向けようとしてみたが、眼球の動きさえそれほど自由にならない。特に左右に動かすのが難しい。

ある日、オムツを換えてもらう時にたまたま窓が見えたけれど、薄ぼんやりとしたシルエットしかわからなかった。ノーメイクの上に伸び放題になっているはずの髪。事故の影響で、顔のどこかが腫れていたり、傷ができていてもおかしくない。絶対にファンには知られたくないと思った。本当は誰にも会いたくない。

それでもここ数日は、定期的に来客があった。真っ先に飛んできたのは事務所の社員たちだ。チーフマネージャーの山根は大げさに「よかったですね」と手を握ってくれたが、私が全く声を発せないと知った後は、ずっと母と話し込んでいた。

しかしほとんど仕事をしたことがない高卒の母に、いきなり契約の話をしても理解できるはずがない。あらかじめ呼んであったのか、しばらくして姉が現れた。

明るく茶色に染めた髪に丸顔。黒いセーターに、水色のドットのスカートという服装は、夫に合わせているのだろうか。それとも不倫でもしているのだろうか。少し前に会った時は、ジャージにチュチュをして、草履を履いていた。彼女は男に合わせてすぐに趣味を変えられる女なのだ。

すぐ隣には、姉の子どもも一緒にいる。確か翼という名前だった。お世辞にもかわいいとは言えない間抜けな顔の男の子だ。鼻が潰れているせいで、ウーパールーパーのような見た目である。もう二歳のはずだが、床に寝っ転がったまま足をばたつかせてみたりと、とにかく落ち着きがない。

私は姉が嫌いだ。主義主張が一貫していないところもそうだし、とにかく依存体質が強いところが気にくわない。これまでの人生は、自分が頼れる存在を見つけることにほとんどの時間を費やしてきたのではないか。

子どもの頃は過剰なほど母に従順で、一緒になって父のことを馬鹿にしていたのに、母が腸閉塞《ちょうへいそく》で二週間だけ区立病院に入院した時の豹変《ひょうへん》ぶりはすごかった。

夕食時には自分から父に話しかけたり、宿題を相談したり、これまでに見せたこともない態度を取り始めた。父も嬉しかったのだろう。母が退院してからも、母がいる前では父に素っ気なく振る舞いながらも、母が消えると父に媚《こ》びを売り、自分だけ小遣いなどをもらっていたようだ。

私がデビューして、少し有名になってからは、頻繁に連絡をよこすようになった。一度、相談事があるからといって夜の予定をこじ開けて呼ばれたレストランへ行ったら、姉の友人が十人近く待っていたということもあった。

「『トリック』の主題歌やってたんですよね」

「サオリさん、写真、一緒に撮ってもらっていいですか」

姉の友人たちは私にさしたる興味もなかった。『トリック』の主題歌は鬼束《おにつか》ちひろだったし、名前さえ間違えられたが、いちいち訂正するのも面倒くさかった。仕事中は絶対にしないと決めていた愛想笑いでその場をやり過ごした。もちろん食事代は私が払うしかない。

帰りがけにはカードローンが払えなくて困っていると言われたので、仕方なく財布に入っていた現金を全て渡してしまった。それからも定期的に金の無心があった。そのやり取りを回避したくて、一年ほど前から毎月10万円を姉の口座に振り込んでいる。姉とのコミュニケーションが10万円で絶てるなら安いと思ったからだ。

彼女の結婚式も嫌な思い出である。一生に何度もないことだと思って、請《こ》われるままに結婚式場に向かった。会場に入った途端、やたら白いエナメルの靴を履いた男の子たちと、手入れのされていない金髪の女の子たちが多いのが気になった。新郎側と新婦側の友人たちのファッションセンスは完全に一致していて、両家がお似合いなのだろうということはわかった。

絶対に歌だけは披露しないと約束したにもかかわらず、アカペラで歌わされたのはまだいい。姉や新郎の友人たちに、勝手に写真を撮られていたこともまだいい。事件は、式の後半で起こった。

トイレから出てくると、酔っ払った新郎側の友人に絡まれ、適当にいなしていると「さすが有名人だな」と言って、急に私の身体を壁に押しつけて、ワンピースの裾から手を入れてこようとしたのだ。

式場の職員が気付いて制止してくれたからいいようなものの、他の参列者は遠くから私たちのことをにやにやと眺めているだけだった。私はこのまま警察に行くと主張したが、ウェディングドレスを着たままの姉が駆けつけてきて「私たちの式を滅茶苦茶にしないでよ。酔ってただけなんでしょ」と私に冷たい目を向けた。

集まってきた参列者も同様だった。ただの酔っ払いに本気になっている空気が読めない有名人。そんなレッテルを貼られて、私は悔しくてたまらなかった。

それは、私の姉、つまり自分の家族や、その仲間たちが、このレベルの人々なんだと悟ったからだ。本来は私自身もそのグループの一員に過ぎなかった。どんなお洒落な部屋に住んで、都会的な歌を歌っても、自分の根っこにはこの人たちがいる。それに気付くと途端に空《むな》しくなって、酔っ払いを訴えようという気も失せた。

そんな姉のことだから、山根に対してどんな過大な要求をするかわからない。そう思ったのに、耳を疑うようなことを言い始める。

「とにかく香織のことを一番に考えてあげて欲しいんです。もし彼女がやりたいと言っていたことがあればそれを叶えて欲しいし、逆に本人が望んでいなかったことはしたくない。お医者さんの話では、回復は決して無理ではないらしいんです。だから、変にお金儲けに走らないで下さい。できるだけ香織のイメージを崩さずに、回復を待ってあげたいんです。私たち、あんまり仲のいい姉妹ではなかったから、こんな時くらいは香織のためにできることは全部したいと思っています」

その話を母は泣きながら聞いている。何なんだ、これは。悲劇の事故に打ちひしがれる母と姉。他人から見たら仲睦《なかむつ》まじい家族そのものではないか。人間はここまで態度を豹変させられるものなのだろうか。

頭の中で次々と花火が破裂するように、感情が抑えられなくなる。

喋れないことが堪《たま》らなく悔しい。何を勝手にいい母といい姉を演じようとしているんだ。今まで嫌というほど私を邪険にしてきたくせに、都合よく悲劇のヒロインぶるなんて最悪だ。分をわきまえろ。怒りの波が脳天から指先まで行き渡る。叶うならば彼女たちを打ちのめす言葉を、これでもかというほど浴びせてやりたい。

＊

病室に入ると妹はベージュのパジャマを着ていた。それを見て結婚式のことが苦々しく蘇る。香織は私の結婚式にベージュのワンピースで現れた。白を着るのは花嫁の特権であるはずなのに、照明の加減によって彼女の服はほとんど白に見えた。その気遣いのなさに怒る私に対して、夫が無関心だったこともまた癪《しゃく》に障《さわ》った。

さらに私を苛立たせたのは、来賓者たちが主役の私ではなく香織に夢中だったことだ。式場では、彼女に向かって数多くのフラッシュが向けられていた。ついには酔っ払っただけの夫の友人を訴えると騒ぎ出して式は大変なことになってしまう。いつも香織は私から主役の座を奪っていくのだ。その妹が大きな事故に遭ったと聞いても心は痛まなかった。

母がトイレに立った隙に、スターバックスで買ってきたコーヒーを香織のパジャマに一滴だけ垂らしてみる。小さくて黒い染みがベージュ色のコットンに少しずつ広がっていく。思わずその様子にうっとりと見とれてしまう。その染みは、まるで模様のようで悪くないと思った。もしかしたら今度こそ、私が主役になれるのかも知れない。

13

目を覚ましてから13日目、彼も病室に来てくれた。ちょうど母も姉もいないタイミングというのは運がよかった。

個室の扉を何度かノックする音がした時、私はいつものように何の反応もできなかった。三回、二回、四回と扉を叩いて、ようやく靴音がベッドに近付いてくる。その人は恐る恐る私の顔を覗き込んできた。海くんだ。いつものように黒いベースボールキャップを被って、首掛けヘッドフォンを首に掛けている。一人で来てくれたらしい。

正直、悲しかった。こんな姿を見て欲しくなかったから。案の定、海くんは10秒くらい私の顔を眺めた後で、口元を少し歪めた。それが哀れみなんだと、すぐに気が付いてしまう。彼にそんな感情を向けられるのは嫌で仕方がなかったが、今は涙を流すともできない。そう思っていたら、海くんはきれいな白い歯を見せて微笑みかけてきた。何だかさっきの哀れみを繕《つくろ》われたみたいで、寂しさが全身に染みこんでいく。

「なんだ、元気そうじゃん。香織ちゃん、死ぬかもって言われたんだよ。みんなが今までどれだけ泣いたか知ってる？　俺でさえ、ちょっと泣いたんだよ。せっかく予約したロス行きのチケットもったいないって」

つまらない冗談を言いながら海くんは右手を伸ばして、そろそろと髪を撫《な》でてくれた。彼からそんなことをされたのは初めてで、心臓がびくんとなる。せめて瞬きで驚きを伝えたかったが、海くんは下を向いてしまったようだ。もしかして泣いているのだろうか。

私と海くんは付き合っていたわけではない。セックスをしたことも、キスをしたことも、手をつないだこともない。代わりに、数え切れないくらいの言葉を交わした。それも「おはよう」や「おやすみ」といった意味のない会話ではない。その時の私たちにとって一番に必要な言葉を数え切れないくらい。

おぼろげな記憶をたぐり寄せる。

初めて海くんと電話で話した日。まだ恵比寿に引っ越す前、三軒茶屋に住んでいた頃。自宅でクリスマスパーティーをしていると、音楽ライターの洋介さんから電話があった。君に興味がある人がいると電話を海くんに代わった。

向こうもパーティーをしているようで電話口はとにかく騒がしかった。だけどやけに印象に残る声だった。まるでダブルトラックで録音したような、複数の音程が引っかかるような声。私はその時、海くんのことをほとんど知らなかったけれど、彼の歌が発売されているなら聞いてみたいと思った。

朝方、みんなが帰った後、窓際に置いたｉＭａｃで海くんのことを検索してみた。すぐに小さな写真とディスコグラフィのテキストだけが載せられた素っ気ない公式ページが見つかった。だけどカンゴールの帽子のせいで、顔がよく見えない。ライコスで検索していると、ファンが書いたらしいライブレポートが見つかった。その人は、海くんの声の良さばかりを書いていて、結局彼の音楽のことはほとんどわからなかったけれど。

渋谷のＨＭＶに海くんのＣＤを買いに行けたのは、年明けになってからだ。

その頃には何となく彼への興味を失っていて、プレーヤーにＣＤを入れて一度か二度だけ曲を聴いたら、それでもういいやとなってしまった。

だけどジャケットに描かれていた七色の旗だけは印象的で、歌詞カードを開けてデザイナーの名前だけは見ておこうと思った。するとそこにも海くんの名前が記されていて、彼が多才だということを知った。

その夜のことだ。お正月だけど、もちろん実家には帰らなかった私は珍しく一人で部屋にこもっていた。携帯電話をいじっていると、いきなり海くんからショートメールが入った。「洋介さんから連絡先を聞きました」「友だちとご飯を食べているんですけどよかったら来ませんか」。いつもの夜なら出掛けていたと思う。

だけどその日はやたら疲れていた。インターネット上で自分の評判を見聞きしてしまったせいだ。年末年始にいくつかの音楽番組に出演したことで、たくさんのコメントが掲示板で書かれるようになっていた。

「自意識過剰」「自分のことを美人だと思ってそう。不細工なのに」「オリジナリティゼロの薄い女」「レコード会社のごり押しでテレビに出てるだけ」「来年には消えてる」「顔が気にくわない」「ヤリマンだけどアナルは処女」「鼻の形が気持ち悪い」「蒲田の風俗店にいたでしょ」「頼まれてもできない顔」。そんなの無視をすれば済む話なのに、一つの意見を読むと次の意見も読みたくなる。半分以上は悪意と邪推にまみれた嘘ばかりだったというのに。

その日から定期的に海くんからメールが来るようになった。発売されたばかりのF501iを買ってからは、iモードメールで250文字までを送り合えるようになったから、私たちはいくらでも会話を続けられた。「ケイゾクって観てますか」「『これが答えだ！』という本が面白かったです」「日の丸のニュース、どう思いましたか」。そんなやり取りをしているうちに、映画を観に行こうということになった。

二人で会うのはその時が初めてだった。ホームページと同じように海くんは帽子をかぶって、オーバーサイズのパーカーを着ていた。身長はきっと１６８㎝くらい。公称の１７０㎝はたぶん嘘だと思う。

21時くらいに映画を観終わって、しばらく歩いたんだった。ラブホテルに入っていくカップルを眺めたり、映画の感想を話したり。どこかのバーに行っても良かったけれど、何となくそんな気分にならなくて、もしくは翌朝に予定があったのか、だけどすぐに帰りたくはなくて、何の気なしに私たちは歩き始めた。

通訳のシーンが秀逸だったこと。表層のごまかしでも世界の意味は変えられること。泣かせるためには笑いが必要なこと。そんなとりとめのない話をしばらく続けた。

居心地のいい人だと思った。

二歳年上で私よりもしっかりしているということもあったが、メールで随分と会話をしていたせいで、話していても他人のような気がしない。正直、顔は好きでも嫌いでもなかったけれど、鼻のあたりに手を置いたりとか、肩を上げながら首を斜めに傾けたりとか、そんな何気ない動作が好きだと思った。だけど不思議なことに、手を握ろうともキスをしようとも思わなかった。

高速道路沿いを歩いていると、いくつもの光が通り過ぎていった。

一定間隔に設置された街灯、自動車のヘッドライト、コンビニの看板、高層ビルの窓、明滅する赤色灯。

夜が十分に眩しかったせいで、海くんは深く帽子をかぶり、私も俯《うつむ》きがちに歩いていた。二人とも、まだ日本中が気付くような有名人というわけではなかったけれど、街で全く声をかけられないほど無名でもなかった。夜のせいで、昼間よりもだいぶ気が緩んでいたと思う。何の目的もなく、二人はとにかく歩いた。

私たちはそれから随分と夜の散歩をするようになった。わざわざ「夜の散歩」と銘打ったわけではなくて、結果的にということが多かったけれど。

映画を観た後、ご飯に行った後、仕事帰り。東京の夜は、明るくて、汚かった。

遠くから見る高層ビルや、街並みは、こんなにも無機的に光輝いているくせに、歩道から眺めるその姿は時に人間臭く、猥雑《わいざつ》だった。酔っ払いがバス停にうずくまっていたり、居酒屋の裏口からネズミが出てきたり、乱雑に捨てられたゴミ袋が異臭を発していたり、工事現場で大量の粉塵《ふんじん》が舞っていたり、少なくとも私が子どもの頃に憧れた都会は、そこにはなかった。

だけど海くんは、その猥雑さが落ち着くと言っていた。東京都心に生まれた彼にとって、この不格好な街こそが東京なのだという。

「東京には臭いがしないっていう人がいるけど逆だと思うんだよ。たくさんの臭いが集まりすぎて、一つ一つを嗅ぎ取れないだけなんじゃないかな。何百万の人々の体臭、彼らの食べ残し、そして排泄物。都市はその全ての臭いを巧妙に隠したつもりになっているけど、そんなことはできっこない。ただ混ざり合って、全体としてはなかったことになってるだけなんだよ。東京をよく観察すると、臭いのしない場所はない。現にさ、香織ちゃんはいつもいい匂いをさせてるじゃない」

海くんには、変なこともたくさん打ち明けられた。

子どもの頃からやたら宇宙の夢を見ること。音楽を作る時には必死にその夢を思い出そうとしていること。逃げ水のように消えていく夢で見た光景を何とか形にしたいと思っていること。笑いもせずに海くんはその話を聞いてくれた。もしかしたら彼にはしっかりと想像できていたんじゃないかと思う。私が夢で見ていた光景を。

不意に便意を催《もよお》す。ずっとオムツをつけられていたから、いつものようにそのまま排泄をすればよかったのだが、まだ部屋には海くんがいる。音や臭いが漏れてしまう心配以上に、そうした人間的な行為を海くんの前でしたくないと思った。

私たちは、巧妙にそうしたことを避けてきた。二人きりでタクシーに乗ったとき。二人きりで映画に行ったとき。二人きりで食事をしているとき。何度も恋人になるタイミングがあった。だけどそうしなかった。

顔がかわいいとか、いい匂いがするとか、そんな愛の言葉に変換されてしまいそうなフレーズは、いかにも冗談だという顔をして伝えた。

うっかりとお互いに見つめ合いそうになった時には、決まってどちらかが全く色気のない話題を出すようにしていた。音事協についての噂《うわさ》話だとか、印税率の交渉の仕方だとかを話している間、私と海くんには恋人になる余地なんてなかった。私が海くんの顔を好きでも嫌いでもなかったように、海くんもそうだったと思う。

生理的に嫌悪でもしていない限り、隣にいる人間をうっかり好きになってしまうのは、ごくありふれたことだ。世界中の人々がそうやって、大して好きでもない男や女を恋人にしている。だけど私たちはそれを選ばなかった。

一度だけ、海くんに下着を見られたことがある。ただ単に一緒にＴＳＵＴＡＹＡに行って高い棚からＣＤを取ろうとした時に、Ｔシャツの胸元から黒いブラジャーが覗いてしまったというだけなんだけど。

海くんは一瞬だけ胸のあたりを見ると、すぐに違う棚へと移動してしまった。下着なんて、バックステージで着替える時に何度男性スタッフに見られたかわからない。それなのに海くんに見られたブラジャーは何だか気まずくて、その日、家に帰ってからすぐに捨ててしまった。

私と海くんが性的な関係にならなかったのはきっと、言葉のほうが大切だったから。少なくとも私は海くんの言葉を欲していた。仕事で困ったことがあると、すぐに最善の解決策を示してくれた。理不尽な諍《いさか》いに巻き込まれた時は、誰よりも怒ってくれた。本当は今の状況をどうしたらいいのか海くんに相談してみたいと思う。だけど何の言葉も伝えられない。いくら顔に力を込めようと思っても、口は少しも動かない。

どんなに考えごとをしていても便意は収まらなかった。臀《でん》部《ぶ》の触覚が残っているせいで、だらしなく自分の便が体外に放出されていくのがわかった。せめて臭いがしなければいいけれど。

こんなタイミングに限って、再び海くんは立ち上がり、私の顔を見つめる。そして右頬を少しゆがめて、微笑んだような、困ったような顔になった。

その間にも私の身体からはゆるゆると便が流れ出ていく。泥のような半固形物が、膜のように臀部にまとわりつき始める。

海くんは、鼻をすすったかと思うと、私の顔に自分の顔を近付けてきた。曲げた両肘を私の頭の脇につけて、そのままの体勢でいる。今まで、こんな距離で海くんの顔を見たことはない。食事でも映画でも散歩でも、彼と30㎝以上近付きはしなかったし、海くんはいつも目深に帽子を被っていたから。猫のような切れ長の目と、よく通った鼻。彼が奥二重だということを今さらに知る。

「今、何考えてるの？　ちゃんと起きてるんでしょ。何か話してよ」

瞬きはできても、息はできても、口は動かない。それなのに肛門は勝手に動いて、やがて水のようになった便がオムツの中にたまっていくのがわかった。海くんはそんなこと構わずに顔をさらに近付けてくる。

やめて、と思った。海くんが顔を30度くらい傾けて、私の唇に自分の唇を重ねる。せめてその数秒間くらいは目を閉じていたかった。なんで望みもしない排泄をしながら、大切な人と初めてのキスをしないといけないのだろう。こんなことなら、もっと早くにキスでもセックスでもしておけばよかった。

「やっぱりキスくらいじゃ目は覚めないか。うまくいくと思ったんだけどな」

全然うまくいってないよ。やっぱり私たちには言葉がないとだめだね。大げさな動きで後頭部を掻く海くんを、冷めた目で見てしまう。

最悪のタイミングでのキスだったよ。

病室の扉が開く。席を外していた母が、家からたくさんの荷物を抱えて戻って来た。海くんは立ち上がり、母に挨拶をする。母は海くんに会釈をするが、誰かはわかっていないようだ。彼氏か何かだと勘違いしてしまうのだろうか。彼らの会話が断片的に聞こえてくる。

「香織さん、意識はあるんですよね」

「先々週、お医者さんに鎮静を解いてもらって目が開いた時は大喜びしたんです。本当によかったって。だけどね、どんなに呼びかけても反応があるかどうかわからないの。どう思われました？」

その母の問い掛けに海くんが何と答えたのか聞き取れなかった。そのあと、面会時間だとか、連絡先だとか、いくつか事務的な確認事を済ませると、海くんは部屋を出て行った。結局、海くんとは何の言葉も交わせなかった。言葉でつながっていた私たちから言葉が奪われると、そこには何が残るのだろう。

海くんとのとりとめのない散歩。あの時は何とも思っていなかったけれど、今から考えれば幸せな時間だった。せめて二人が話したはずの何十時間、何百時間は、プロパンガスのようにどこか靖国通りや、骨董通りや、六本木通りやらの地面のそばに今でも滞留しているといいなと思った。

＊

病室を出た瞬間、本当は泣き崩れてしまいたかった。何とか涙をこらえて男子トイレに駆け込むと、もうそこからは涙が止まらなかった。想像していたよりもずっと香織ちゃんの容体が深刻そうだったからだ。

洗面所の蛇口を大きくひねってうがいをする。うっかりキスなんてしてしまったことを深く後悔する。怒って目を覚ましてくれるんじゃないかなんていう、甘い見積もりをした俺が間違っていた。

彼女の口元からは腐ったザクロのような臭いがした。絶対に俺が嗅ぐべきではなかったし、もしかしたら彼女自身も気が付いていない臭い。思い出すとまた涙がこぼれて、身体が震える。何だかそれは、死そのもののような気がしたから。

香織ちゃんが事故に遭ったことはその日のうちにニュースで知っていた。共通の知人からは入院先の病院も教えてもらっていたが、お見舞いに行く勇気が持てなかった。

やっぱり今日も来るべきではなかった。もしも香織ちゃんがこのまま目を覚まさなかったらどうしよう。香織ちゃんのいない世界は不安で仕方がない。

人目もはばからずにトイレで泣く俺に、入院患者たちが気の毒そうな顔をして通り過ぎていく。点滴をした小学生くらいの男の子が「お兄ちゃん、大丈夫なの」と心配してくれる。咄嗟《とっさ》に「ありがとう」と言おうとしたけれど、口の臭いが気になって俺は黙って男の子の顔を見つめてしまう。

誰かが乱暴にトイレの扉を開けた。目の下に溜まった涙が少しひやりとする。

32

頭が痒《かゆ》い。頭皮に生えた毛の、一本一本の根元の全てに汗がこびり付いているのではないかという気がする。眉毛も、眉間《みけん》も痒い。鼻の中も痒い。思いっきり人差し指を鼻の穴に突っ込んで欲しくなる。耳の奥も痒い。いつも使っていた黒い綿棒で、耳の中をなで回したい。まるで列島中が高気圧に覆われた時のように、痒みがずっと頭や顔の上空を漂っている。気にするほどに痒みは飛び火する。腰のあたりも痒いし、足先も痒い。

エアコンの効きが悪いのか、今日は一段と身体中が痒い気がする。意識がはっきりしてからの私は、痒さとの戦いに苦しんでいた。身体をそのまま大型の自動洗濯機にでも放り込んで欲しいほど、とにかく不愉快な時間が続いている。褥瘡《じょくそう》を防止するために数時間おきに母や看護婦が身体を動かしてくれるが、ピンポイントで痒い箇所をさすってくれるなんてことはまずない。

目覚めてからもう32日が経つというのに、眼球以外が全く動かないことから、私は本当に意識があるのかさえ疑われ始めていた。

何でそんな自明なことがわからないのだろう。藪医者ばかりのこの病院から、早く誰か連れ出してくれないかな。一般人の母や姉には期待できないとして、事務所の人間はきちんとまともな病院を探す努力をしてくれているのだろうか。

ツアーもシングルもどうするんだよ。私が事故に遭ったことは大きなニュースになったはずだ。この病院の人々は私が誰かわかってくれているのだろうか。特別扱いを望むわけではないけれど、せめてもう少し本気になって欲しい。こんな時に期待できるのは海くんくらいしかいないけれど、彼は13日目にお見舞いに来たきりだ。

こうやって何のメモもなく目覚めてからの日を数えられるのだから、意識なんてあるに決まっているのに。

「藤本さん、わかりますか？」

骸骨顔の年老いた医師が私の耳元で耳障りなほど大きな声を出す。加齢のせいか息が排水口のように臭い。聴力は普通にあるのだから、耳障りなほどの大声を出してもらう必要はないのに。こんな医者から治療を受けていること自体が屈辱だ。

「私の声が聞こえていたら、目を二回上に上げてみて下さい」

医師に言われた通り、視線を上に向けようとする。しかし悲しいことに、たったそれだけのことが中々できない。視力は事故前とそれほど変わっていないはずなのに、眼球が自由にならないのだ。特に左右にはまるで動かないし、上下にもいつも自分の意思で目線を移せるわけではなかった。

母と医師が真剣な顔で話し合っている。その隣では姉が興味のなさそうな顔で携帯電話をいじっていた。くちゃくちゃとガムを嚙む音がうるさい。

「最終結論ではありませんが、遷延性意識障害の可能性が高いと思います」

「せんえんせい？」

母が聞き慣れない言葉の意味を尋ねる。私も初めて聞く単語だ。ｉモードがあればすぐに検索できるのに。

「長引くという意味ですね。いわゆる植物状態のことです」

彼が想像以上の藪医者だということがわかり、私は改めて打ちのめされる。植物状態？　そんなわけがない。「植物状態」という言葉を聞いて、さすがに携帯電話をいじっていた姉も驚いたのか、私のそばに寄ってきた。

「自力移動や自力摂食が難しいのはご覧の通りなのですが、眼球は動くものの、私たちを認識しているかどうかが微妙なところなんです」

老いぼれた医師は、胸元に入れていたペンを私の目の前で振ってみせる。ペン先を追おうとするが、やはり眼球がうまく動かない。

「開眼は保たれているんですが、ペンを追っているようには思えないですよね」

「そんな犬じゃないんですから、動くものを追いかけるとは限らないでしょう。今もこうやって目を開けているじゃないですか。何とか障害って決めつけるのは早いんじゃないですか」

母だけが医師の説明に食い下がる。やはり私の知っている母とは違う気がする。娘の病気に本気で向き合うような親ではなかったはずだ。それほどまでに私がひどい状況にあるのかと思うとぞくっとする。

「ご家族は愛情がありすぎて確証バイアスに陥りがちなんですよ」

ロートルの医師は吐き捨てるように言い放つ。顔だけではなく内面も骸骨のように枯れ果てた人間なのだろう。この失礼な老人の話を母は恭《うやうや》しく聞いている。一般人はただの医者の話をありがたく聞きがちだ。医師免許を持った人間なんて全国に何人いると思っているのだろう。

「お母さんの言うとおり、香織さんには明晰な意識があるんじゃないですか。脳波はきちんと保たれているように見えます」

割って入ってきたのは、あの若い医師だった。

私が目を覚ました時に真っ先に駆けつけてくれた子だ。細い目にジャガイモのような輪郭に天然パーマの髪。話し方もどこか幼い。まだ研修医なのだろうか。彼の言うことに高齢の医師は取り合おうとしない。

私には明晰な意識がある。

もしも意識がないというのなら、この痒みは何なんだ。肌の毛穴一つ一つが痒くて仕方がない。もちろん痒みだけではない。右手の人差し指と中指がおかしな位置で固定されてしまっているし、腰に当たっているシーツの皺も気になるし、また唾液が気管にたまり始めている。この痒みや痛みや不快感は意識ではないというのか。

意識があると言ってくれているのが、若い医師だけというのが心許ない。顔つきで判断する限り、とても切れ者とは思えないからだ。結局、母との話し合いは平行線のまま、医師たちは部屋を出て行ってしまった。部屋には、姉がガムを嚙む音だけが響く。よくこんな時にくちゃくちゃくちゃと無神経な音を立てられるものだと驚く。思ったよりも状況は悪い。身体が動かずに意思疎通ができないばかりか、意識がないと思われ始めているなんて。何とか方法はないのだろうか。

祈る。もうそれしかないのかと思うと悲しくなる。大人になってからの私は、祈るなんてことが嫌いだった。レコード会社の中で、ヒット祈願と書かれた垂れ幕を見るたびにかっかしていたものだ。祈っている暇があるのならば、ラジオ局に片っ端から営業はかけたのかとか、影響力のある音楽ライターをその気にさせられたのかとか、一人一人の社員に問い詰めたい気分だった。

だけど子どもの頃の私は、よく祈る子どもだった。テストでいい点数が取れますように。席替えで苦手な子の隣になりませんように。学校生活では、自分の力でどうにもならないことが多かったから。特に学区のせいで顔見知りがほとんどいなくなってしまった中学一年生の一学期はずっと気が塞いでいた。

その頃、私が信じようとしたのは、全力で祈ったのなら時間を止められるという魔法だ。一生分の願い事と引き換えに叶えることのできる一度きりの魔法。

小さな祈りをあきらめる代わりに、ある一日を永遠に繰り返すことができる。その魔法は、憂鬱《ゆううつ》な月曜日に使うべきではない。無限に月曜日だけがループする世界なんて悪夢そのものだから。そうやって平日をやり過ごして週末になると、今度は夏休みまで我慢してみようかと思う。月曜日に怯えて過ごす日曜日よりも、有り余る時間が心の余裕を与えてくれる長期休暇中に時間を止めたほうがいい。

ずっとそんな風に毎日を乗り切っていたけれど、音楽という居場所を見つけた私は、いつしかその魔法のことを忘れていた。

あの魔法はまだ有効なのだろうか。だけど今の私にとって必要なのは、繰り返される一日を過ごす権利ではなく、この状態から抜け出すことだ。それさえ叶うのならば、後は全て自分で何とかしてみせるから。一度、売れなくなってもいい。交友関係が全て絶たれてもいい。自分の周りにいる人が次々と不幸になってもいい。何もかもを犠牲にしても、この身体から自由になりたい。

しかしそう願いかけた後、ほんの少しだけ心が躊躇するのがわかった。

完全に身体が回復したところで、私は何をしたいのだろう。もうほとんどの夢は叶ってしまった。もちろん東京ドームでライブが開けるなら嬉しいし、ビルバオとかドブロブニクとか行きたい場所はまだあるし、一度くらいは結婚なんてものをしてもいいのかも知れない。だけどそれは全てを犠牲にしてまで叶えたい夢と言えるだろうか。

母と姉も帰ってしまい、すっかりがらんとした夜の病室に一人の来訪者があった。昼間も回診に来た若い医師だ。今は一人らしい。皓々《こうこう》と白く光る蛍光灯がジャガイモ顔を照らす。

彼は顔をうんと私に近付け、目を覗き込む。

「藤本香織さん、僕の声が聞こえますか？　聞こえたら瞬きを二回してみて下さい」

高齢の医師とは違い、彼は大声でもなく通常のスピードで話してくれた。私はできるだけ素早く瞬きを二回しようとする。その様子を若い医師は真剣に見守っているようだった。

「藤本さん、僕はあなたが遷延性意識障害とは思えないんです。脳波もクリアだし。画像を見る限り、脳底動脈の解離がメインなので、ロックドインなんじゃないかな。だとしたら辛いですよね。藤本さん、あなたのデビューは１９９８年で合っていますか。合っていたら目を上の方に二回、上げてみて下さい」

急にデビューという言葉が出てきて驚く。この病院の関係者に歌手扱いされたのは初めてだった。少なくとも若い医師はテレビや雑誌に出ていた私を知っていたことになる。彼から今の私はどう見えるのだろう。メイクもしていないし、髪の手入れもできていないし、そもそも事故の後遺症がどの程度なのかもわからない。

おそらく母は意図的に私から鏡を遠ざけている。急に恥ずかしくなってきた。もう看護婦にオムツを換えてもらうことにさえ何も感じなくなっていたのに。

ゆっくりと二度、目線を上にあげる。少なくとも私としてはそうしたつもりだった。若い医師は黙って私の瞳を見つめる。

「僕、デビュー曲から買っているんです。医者一家なんで、無理やり医学部に入ったんですけど、絶対に向いてないよと思いながら毎日キャンパスに通ってました。周りは自分が命を扱う仕事に就くことに無頓着なお坊ちゃまばかりで、それが本当に嫌だったんです。そんな時、大学の前にあるファミリーマートで偶然、藤本さんの曲を聴きました。逃げたいけど逃げられないこともわかってる自分のことを歌ってくれてるようで、思わず涙ぐんじゃったんです」

何の曲だろう。そんなに彼の心を打ったのなら、きっと高校生の頃に作った歌だと思う。デビューしてから作った曲は、自己引用とメタファーばかりになっていたから。若い医師は私の顔を見て少し涙ぐむ。昔の自分を思い出したのか。今の私の姿を見てなのか。前者だといい。

「絶対にあきらめないで下さいね。ちゃんと治しましょうね。色々調べたんですが、回復例がないわけじゃないんです。本当は医師として軽率なことは言えないんですが、きっと大丈夫です。いつか名曲を聴かせて下さい。こんな経験をした人の曲なんて、中々ないはずだから。ずっと待ってます。一年でも。二年でも」

医師は私の手を握ろうとして一瞬、躊躇した。

「いつかライブをする日が来たら、観に行きますね。その時、握手してもらってもいいですか」

そう言い残して彼は部屋を出て行く。私は医師の言葉にまだ頭が混乱していた。一年や二年？　一ヶ月や二ヶ月の間違いではなくて？　若いゆえの誤診だと信じたいが、そもそも彼以外の医師は私に意識があることさえ疑っているのだ。あまりの医療水準の低さに愕然とする。

数ヶ月でも表舞台から姿を消せば、私たちはすぐに忘れられてしまう。デビューを待つ新人の数は、下手したらコンビニで発売される新製品のお菓子よりも多い。

だからミュージシャンは三ヶ月おきにシングルを発表して、音楽番組や雑誌で大量の宣伝活動をする。そして年に一度はアルバムを売り出して全国ツアーを組む。二年も休止ということになったら、きっとファンなんてほとんどいなくなってしまう。

その途方もない時間に啞然とする。私の存在なんて初めからなかったことにされそうで怖い。

＊

病院から出たらもうすっかり暗くなっていた。

夫から何件も留守番電話が入っている。翼が泣き叫んで大変なのだという。今日は有給を取るから俺に任せろと言ってたくせに。母と地下鉄の駅で別れる。ここからだと一度、新宿駅で乗り換えるから最寄りの祖師《そし》ヶ谷《がや》大蔵《おおくら》に着くまでに一時間近くかかる。駅前のスーパーで買い物をして、夕飯を作っていたら、8時過ぎになってしまいそうだ。それだと夫にまたどんな嫌味を言われるかわからない。

何だかどっと疲れて、たまたま目の前を通りかかったタクシーに乗り込んでしまった。やはり妹が植物状態だと宣告されたのは少なからずショックだった。あんな嫌いな妹だったのに不思議だ。

ヴィーナスフォートで買ったトートバッグの中からガムを取り出す。最近は精神安定剤の副作用なのかやたら喉が渇く。薬はずっと止められていたのに、先週からまた手放せなくなってしまった。妹を心配する姉になるというのは、ただの演技のつもりだったけれど、本当に私は優しい人間になりつつあるのだろうか。くちゃくちゃとガムを嚙む音が自分でもうるさい。

33

今日も母はお見舞いに来てくれた。病室に来ると、私の顔を確認もせずに、売店で買ってきたらしい『婦人公論』を読み始める。

しかし落ち着きのない彼女は、数分ほどするとビニール袋をがさがさと探り、雪印のポテトチップスを食べ始めた。パリパリとチップスを割る音が耳障りだが、私が決して食べないようなお菓子でよかったと思う。

雑誌に飽きた母はテレビをつける。9月にディズニーランドの隣に開園した新しいテーマパークが特集されていた。春に葛西臨海公園の大観覧車に海くんと乗った時、建設途中のアトラクションをゴンドラから見下ろした覚えがある。園内ではシンデレラ城に視線を集中させることで、徹底的に外部を隠そうとしている魔法の国も、遠くから見れば浦安の工場地帯との違いがあまりわからなかった。

時間だけが経っていく。私はいつ治るのだろう？　その疑問を頭の中で文字にしてみたら、急に怖くなってきた。

だってもしかしたら、一生身体が動かないなんてことになるのかも知れない。意識だけは鮮明で、誰にも何も伝えられず、ただ朽ちていく。

そんな人生は恐怖でしかない。

まさか。ありえない。まだ事故から二ヶ月しか経っていないのだ。それにもかかわらず、これほど明晰な意識を取り戻せたじゃない。きっとすぐに身体が動くようになって、仕事にも復帰できる。今ならまだ年末の賞レースにもぎりぎり間に合うし、事故からの奇跡の復活となれば話題性も十分だ。

私は治る。すぐに完治する。そんな言葉たちを頭の中で文字にしてみる。だけど、その言葉は何の重みもなく、脳みそに染み込む前に消えていった。なぜなら、あまりにも現実味がなかったから。あのジャガイモ顔の医師の言っていた一年や二年が聞き間違いであって欲しい。J-POPの歌詞と違って、奇跡なんてそう簡単に起こるものではないから。

曲が作りたい。思わず浮かんだその願望に自分でも驚く。だって歌なんてとっくにもう好きじゃないと思っていたのだ。断続的に見るあの宇宙の夢のせいかも知れない。

夢の中だというのに眠れなかった私は、部屋を出てホテルの中を散策していた。銀色の壁に赤絨毯《じゅうたん》の廊下を進んでいくと、小さなコンサートホールがあった。グランドピアノが一台と木製の椅子が二十脚ほど並べられている。調律がされていないせいで思い通りの音が出せないが、でたらめに鍵盤を叩くのは楽しかった。ホールには小さな天窓がついていて、かすかな星明かりがホールを照らしていた。曲を弾き終わると小さな拍手が聞こえてきた。振り返ると、青白い光に照らされた小柄な青年が立っている。最近はいつもそこで夢が覚めてしまう。

私が音楽を始めたのは、実家から抜け出したい一心からだった。あの田舎くさくて、窮屈な家から少しでも早く自立したくて音楽を作り始めた。モデルを目指すほどにスタイルは良くなかったし、物書きに憧れるほど文学好きでもなかったけど、母からピアノを習わされていたせいで、基礎的な音楽理論だけは知っていた。

作曲の手段がピアノというのは母の呪縛のもとで生きているようで悔しかったが、曲作りのために鍵盤を叩くのは、コンクールに向けてとにかく正確な演奏を要求される練習とまるで違った。

曲を作るようになってからは毎日が少しだけ楽しくなった。つまらない授業を聞いている時とか、プールサイドで体育を見学している時とか、日常の何気ない瞬間にもフレーズやメロディーは思いつく。それを頭の中で覚えておいて、後でコードと共にピアノで弾いてみる。そうやって生活の断片を集めて、一曲に組み立てていく。

通っていたのは進学校だったけれど、幸いなことにすぐに仲間は見つかった。みんなコピーバンドばかりをしていたから、作詞も作曲もできる私は重宝されたのだ。「ヤマハ・ミュージック・クエスト」だとか「TEENS' MUSIC FESTIVAL」だとか何回かコンテストに出ているうちに、私だけが有名な音楽系の芸能事務所に呼び出された。

今のバンドメンバーと音楽をやっていても学園祭レベルで終わってしまう。君には才能があるんだから一人で活動すべきだ。

中目黒の雑居ビルの一室で大人たちに説得された。もともとバンドはただの手段だと思っていたから、バンド仲間とはすぐに切れた。

それからは毎日、事務所に貸してもらった音源内蔵のシーケンサーといった機材で作曲をして、毎週レコーディングスタジオでデモ音源を作るという生活が始まった。大人たちに言われるがままコンクールにもたくさん出た。

その時、少なくない音楽のコンクールというのは有望な新人に箔《はく》を付けるための出来レースなのだということを知った。

受験はしたし、古文がなかったおかげで慶應の文学部にはうっかり合格してしまったが、大学には行かなかった。高校の卒業直前にデビューが決まってしまったからだ。卒業を前にして家を出た時は嬉しくて仕方がなかった。

しかし念願の一人暮らしを始めてからは、書きたいことがすっかりと消えてしまった。幸いなことにストック曲はたくさんあったし、手癖《てくせ》のように新しい曲は作れるようになっていたが、それにはつい一年や二年前までに自分が生み出した曲にあった切実さが圧倒的に欠けていたと思う。

「水場にいる時、よく音楽が思い浮かぶんです。シャワーを浴びている時や、トイレにいる時に不思議とフレーズが降りてくることが多いので、家の中にはいくつもメモ用紙や小さなテープレコーダーを準備しています」

音楽雑誌にインタビューをされた時は、昔の自分を思い出しながら答えていた。さすがに宇宙の夢のことは、恥ずかしくて打ち明けなかったけれど。

だけど今になって、たくさんのメロディーと、たくさんの歌詞が思い浮かぶ。なぜか優しいフレーズばかりが次々と溢れてきた。あの夢のおかげだろうか。でももう、それをメモに残すこともできない。自分が元気になる日まで、覚えていられるフレーズはどれくらいあるのだろう。

ノックの音がする。回診だと思ったのか母は慌てて立ち上がる。しかしいつもと違って、今日は若い男の子が一人いるだけだった。私のファンだというジャガイモ顔の医師だ。なぜかやけに思い詰めた顔をしている。一体、何の用事だろう。よく見ると手には大量のパンフレットを抱えていた。

「実は、香織さんの転院先の病院についてお話があるんです」

つい先日、老いぼれの主治医からも転院を考えて欲しいと言われていた。この急性期病院では患者を長期入院させることができないのだという。どうやら私はすでに命の危険がある状態を脱しているらしい。それならどうしてこの身体は少しも動くようにならないのだろう。

「主治医の先生から勧めて頂いた群馬県の病院じゃだめなんですか。空気のいい素敵な場所だって」

初めてその話を聞いた時は、悲しいというよりも驚いた。まさか自分がそんな秘境で暮らす日が来るなんて思ってなかったから。たとえ売れなくなって、お金が稼げなくなっても、どんなに狭い部屋でもいいから東京に住む人生だと思っていたから。世田谷や品川まで行けば安い物件なんていくらでもある。

だけど今の私には群馬が似合うというのか。空気がいいとか悪いとか全く興味がない。みんな私のことを馬鹿にしている。

そんなことを考えている間も、若い医師はずっと黙っていた。何かを逡巡《しゅんじゅん》しているようだ。彼は一度、大きく深呼吸をしてから、覚悟を決めたようにようやく話し出す。

「その病院、僕らの間では老人病院って言われている場所なんです。ただベッドが並べられているだけで、治療らしい治療は受けられません。人工呼吸器をつけられて死ぬのを待つだけの患者さんが大勢並べられている病院です。あの人は藤本さんがどういう方かわかってないから」

老人病院。群馬と聞いた時と違って今度は怒りで頭がおかしくなりそうだった。私は、もうちょっとやそっとじゃ治らない身体だと思われているのか。匙《さじ》を投げられて転院させられるのか。死に囲まれた場所で、何年も天井を見て暮らす生活なんて想像もしたくない。

今すぐ『フライデー』の記者でも誰でもいいから病室に忍び込んで、私が群馬の老人病院に送られようとしていることを告発して欲しい。ファンの中には一人くらいまともな医者がいるだろうから。

私は今、信頼の置けない、頭の足りない人々によって全ての命運を握られている。

こんなの、あの子ども時代とまるっきり一緒じゃないか。

「実はね、看護婦の桑野さんからもね、ちらっとその話を聞いたの。だけど正直、香織がこんな状態でしょう。群馬に月一回か二回、小旅行みたいに行くのも悪くないのかなって家族で話していたんですよ」

どうせ母は悲劇のヒロインぶって病院に来ていただけだ。それが数ヶ月以上も続いて、そろそろその役割にも飽き始めているのだろう。つい三日前も看護婦とＪＲと地下鉄を乗り継いでくるのが大変だと自慢げに話していた。娘を自分の人生を彩る小道具に使うな。

「僕はリハビリテーションを専門とした病院に転院したほうがいいんじゃないかと思うんです。この新しい病院は自費治療がメインなので高いんですけど、業界でもいい先生が揃っていると評判です。もちろん公立の病院もあって、ここならうちの親父のつてをたどれば話をつけることができると思います」

若い医師はパンフレットを広げて説明を始める。

「でも主治医の先生の話だと、いわゆる植物状態だって。私も信じたくないけど」

母は私のほうを見た。私も憎しみと共に母を睨《にら》み付けようとした。またいい母親ぶって。外面だけ取り繕うのは本当に上手だよね。精一杯の憎悪を込めたつもりだった。

それなのに母は穏やかに微笑む。まるで感情が伝わっていないことに絶望する。こんなことなら、いっそ本当に植物人間になって、完全に意識もなくなってしまったらよかったのに。悲しみも喜びもない世界に行けたらよかったのに。

若い医師はベッドの脇にしゃがみこんで、私の顔を正視する。

「僕には香織さんの眼球がきちんと動いているように見えるんです。眼球が動くということは、大脳皮質は生きている可能性が高い。つまり意識は保たれているんじゃないかと思うんです。遷延性意識障害と診断されても意識を取り戻すことはありますし、特にロックドインならば、国内でも何件か回復例が報告されています」

若い医師の話を母は頷きながら聞くが、きっと半分も理解できていない。彼はまだ患者向けに話すことに慣れていないのだろう。私もいくつかの専門用語はわからなかったけれど、彼が熱心に私のことを考えてくれているのは理解した。こんな頼りない医師に望みを掛けないとならないのか。

母は大きな溜息をついて、長い茶色の髪の毛を結び直す。

「先生に言うことじゃないかも知れないんだけど、実は香織と私は子どもの頃から馬が合わなかったんです。馬が合わないというか、何を考えているのかさっぱりわからなかった。私は人と会うのが好きなタイプなんですけど、香織は部屋に籠もって本ばかりを読んでいたから。

だから香織がバンドを始めると聞いた時は本当に驚いたの。この地味な娘がまさかと思った。化粧っ気もなくて、美容院に行くのも三ヶ月に一度。服も古びたTシャツと破れたジーンズばかりを着回しているような娘だったのよ。でもね、ようやく自分の居場所を見つけてくれたんだって嬉しかった。バンド活動がうまくいくほど、余計に私は嫌われちゃったけど、それでよかったの。ねえ先生、家族って所詮は他人ですからね」

母の問い掛けに若い医師は肯定も否定もしない。

「僕はそんな風には割り切れなかったです。親父のことは苦手だけど、今でも小遣いもらってるんです。研修医って給料が安いから」

無理に医学部に入学させられたというジャガイモの彼は、恐らく親に対して複雑な感情を抱いている。

母は病室の窓を開けた。吹いてきた風が、何の刺繍もされていない白いカーテンを揺らす。廊下へと抜けていく風にもう夏の面影はなかった。

「地味なカーテンよね。変えたらだめなんて規則が本当にあるの？　なんで病室って高いお金を取るくせにこんな質素なのかしら」

この病室がお洒落とは思えないが、不必要なものに溢れていた実家に比べれば随分とましだ。もしかしたら病室に不似合いなバラのポスターは、母が貼ったものなのかも知れない。母の言う通り、親子とは本当に他人なのだと思う。

「相性のよくない子どもなら、気心の合う友人と付き合ったほうが楽でしょ。だけど一つ屋根の下にいる限りはそうもいかない。どうしても一日のうちに何度かは顔を合わせてしまうから。あまりご飯も食べてくれないし、こっちから話しかけてもほとんど無視。だから高校を卒業する直前、香織が家を出て行ってくれた時は本当に嬉しかったの。これからは本当に他人として生きられると思ったから」

少し意外な気がした。自分のクイーンダムから逃亡者が出たことに母は怒っていると思っていたから。ほとんど物も持たずに、夜逃げのように飛び出したあの日、私だけではなく母も嬉しかったなんて。母は私に向き直り、髪を撫でてみせる。

「だからね、事故に遭って、話すこともできなくなった香織との関係を考えあぐねていたの。彼女がこうなってしまった以上、相性がいいも悪いもないでしょう。母としてすべきことがあるんじゃないかなんて柄にもなく思っちゃったのよ。だからせめて、病室には顔を出すようにしているの。正直、こんなごみごみした都会は苦手なんだけど。ねえ、改めて向き合ってみると、娘って意外とかわいいものね」

意外とかわいい。人前でいい格好をしたい人間特有の下手な嘘だと思った。口元は大きく微笑もうとしているけれど、目は見開いたままだ。私とよく似た大きな瞳は、冷たく私の姿を見据えた。子どもの頃から何度も見てきた、頭の悪さが滲み出た表情。強くなった風が、だらしなく彼女の髪をなびかせる。母は若い医師からパンフレットを受け取ると「ありがとう。考えてみます」と言って、軽く頭を下げた。

＊

窓が一つもない池尻大橋のスタジオにいると時間の感覚がわからなくなる。外に出ると真夜中に大雪ということもあった。サーバーから紙コップに不味いコーヒーを入れているとマニピュレーターの大ちゃんからセブンスターを勧められる。「タバコは吸わないんです」と断ろうとしたけれど思わず受け取ってしまった。

火を貸してもらって、恐る恐る煙を口に吸い込んでみる。だけどあまりにも奇妙な味ですぐにむせてしまった。「海くんはお子様ですねえ」と大ちゃんが笑っている。煙が立ちこめるスタジオで、タバコを吸わないミュージシャンは少数派だと思う。口直しに桃味の飴《あめ》を手に取る。

彼は俺と香織ちゃんの関係を知っていた数少ない一人だ。だから最近は余計こうやって俺に構ってくれるのだろう。他のがさつなスタッフと違って、お見舞いに行けとか言わないのがありがたかった。もっとも一年中サンダルの大ちゃんが、見た目でいえば一番にがさつなんだけど。

俺はあの日以来、香織ちゃんの入院する病院へ行けていない。どうせ俺が行っても何ができるわけでもないし。そんな言い訳をしながら、シンバルの位置をどうしようとか、ベースのグルーブ感が納得できないとか、ねちねちと音楽の世界に沈み込む。少なくともその間は、あの腐臭を忘れることができるから。

そうだよ、海くんは私になんか構わないで。自分のするべきことを続けなよ。頭の中の香織ちゃんは今日も俺に都合のいいことばかりを言ってくれる。

76

年の瀬も迫った寒い朝だった。車椅子に乗せられる時、窓から高層ビルの縁ぎりぎりまで、空中を重い雲が覆っているのが見える。病室を出るとあのジャガイモ顔の若い医師が待っていた。出口まで付き合ってくれるらしい。その時、初めて彼の名前が記されたネームタグが見えた。野田くんというらしい。

私は事故に遭ってから109日、目覚めてから76日を過ごした病院を後にすることになった。これまで入院していた急性期病院でのリハビリは、褥瘡や尖足《せんそく》を防止するための簡単なものだったが、転院先では専門的な治療ができるらしい。「群馬は遠すぎる」という母の一言で、新宿区のリハビリテーション病院への転院が決まったのだ。最悪の事態だけは避けられたことになる。

病院の通用口から介護用タクシーに乗るまでの短い間、本当に久しぶりに身体中で外気に触れた。恐る恐る息を吸い込むと、肺の中がひやっとした気がする。まだ自分が寒さを感じられることに安心する。

野田くんは俯きがちに「頑張って下さい」と伝えてきた。なぜかそれに姉が「ありがとうございます」と応える。私の代弁者にでもなったつもりなのだろうか。

車椅子のままタクシーに乗せられると、助手席には父が座っていた。父が最後にお見舞いに来てくれたのは一ヶ月ほど前だったが、その時よりもさらに老け込んだ気がする。まだぎりぎり40代のはずだが、勤務先の高校で理事長が替わってから業務量が増えて大変らしい。そもそも社交性の乏しい父に、学校の先生が勤まっていることが驚きなのだけど。

高齢の運転手と父は目的地の確認など当たり障りのない会話をしたら黙り込んでしまった。その沈黙に耐えられなかったのか、運転手がカーラジオを入れる。今年のヒットソングを順番に紹介していく番組だった。「fragile」や「天体観測」が流された後に私の曲が紹介された。こんなしみったれたタクシーの中で自分の曲を聴きたくないと思ったが、それを拒絶する手段は一つもない。

「続いてお送りするのは藤本香織の『アリウム』。今年の夏、ライブ中にステージから転落するという事故に遭ってしまった彼女ですが、今は懸命な闘病中。しかし必死のリハビリにより、来年早々には新曲のレコーディングも開始されるとか。藤本さんの復帰をみなさんで待ちたいですね」

喋ることさえできないのに新曲のレコーディング？　一体、誰が流した情報なのだろう。ラジオ局が勝手に創作したとは思えないから、事務所の誰かが伝えたのだろうか。もしかしたら知らない所で、年明け早々に自由に話せたり、歌えたりするようになるという診断でも出たというのだろうか。二ヶ月間、一向に動くようにならない身体に絶望していたけれど、その曖昧なラジオ情報にすがりつきたくなる。

30分ほどして母と姉が並んで病棟から出てきた。姉はずっと怒りながら入院費の話をしている。

「病院ってこんなにお金がかかるの？　何ヶ月もの入院だから覚悟していたけれど、これじゃベンツでも買えちゃうじゃない。特に差額ベッド代って何よ。一泊の値段が高級ホテル並みっておかしいよ。ママ、香織の貯金には手を付けないって正気？　早く弁護士さんに手続きしてもらわなくちゃ」

母は姉の問い掛けを無視して運転手と目的地の確認を始める。姉はまだ言い足りないらしく、狭い車内でがなり続ける。

「香織が元気になるって本気で思ってるの？　事故から何ヶ月も経ってようやくこれだよ。目は開いてるけど、意識があるかどうか怪しいんでしょ。リハビリテーション病院の入院費、見た？　群馬の病院なら保険とか年金だけで何とかなるんでしょ。香織にあと何百万円かけるつもりなのよ」

姉は私を睨み付ける。その表情には怒りと共に優越感が入り交じっている気がした。

「まあ年明けに新曲も出してもらうしね。香織がストックをたくさん残しておいてくれてよかったわ」

ストックしていた曲を発売する？　初耳だった。確かに私には未発表のデモ音源が少なくとも数十曲分はあった。だけど次のアルバムに数合わせで収録するかどうかという曲ばかりだ。

「何曲か聞かせてもらったけど、私には良さが全くわからないんだよね。推薦文を書いて欲しいって言われてるんだけど、どうしようかな」

山根はよりによって姉に推薦文を書かせようとしているのか。想像以上にセンスのかけらもない男だ。事故に遭った私に同情する有名人なんてたくさんいるはずだから、もっと知名度のある人に頼めばいいのに。

「ママは香織の曲って聞いてた？」

「あんまりわからないのよね」

「おい、香織が聞いてるんだから、せめて今はそういう話はやめたほうがいいんじゃないか」

しびれを切らした父が会話に割り込んでくるが、間髪を入れずに姉から反論されてしまう。

「ほとんどお見舞いにも来なかったお父さんは黙っててよ。香織、ずっと寝たきりなのよ。目を覚ました時はすぐに治るんだと思ったけど、相変わらず身体は動かないし、何も話せないし。入院費だって、お母さんの実家に出してもらったんでしょ」

何も言い返せずに父は黙り込んでしまう。子どもの頃と変わらない家族の光景。女性のほうが多かった我が家で、父はいつも所在なさげだった。何か言いたいことがあっても、そう易々と話し出さない。勇気を出してぽつりぽつりと発言をしても、母や姉に黙殺されるか、すぐに反論されてしまう。おそらく高校でも生徒から馬鹿にされているのだろう。

カーラジオではまだ「アリウム」が流れている。

初夏に咲く紫の花だけど、花言葉が面白いと思ったのだ。「正しい主張」と「深い悲しみ」。正しいことを主張したからといって、誰かに届くとは限らない。誰もが自分の意見ばかり求められる世の中で、沈黙を守るのはそんなに悪いことなのか。そんなことを考えながら詞を書いた覚えがある。

だけど意見を言うか言わないかを選べる時点で、その人はもう強者なのだ。事故に遭った私はどちらも選択できない。今ならもっといい曲が書けるのに。あの夢の中で作った曲を発表する術はないのか。言葉さえも発することのできない身体で、昔の自分が書いた薄っぺらい歌が終わるのをひたすら待った。

*

娘をリハビリテーション病院へ送り届けた後、久しぶりに妻と二人でご飯を食べた。オペラシティの展望レストランは休日のせいか人の数はまばらだ。大きな四角い窓の外では、静かな冬の日差しが東京の街を淡く照らしていた。

もともと私たち夫婦にはほとんど会話なんてなかったのに、香織が事故に遭ってから全てが変わってしまった。妻はあれほど毛嫌いしていたはずの香織のことをやたら私に語りたがる。子どもの頃の思い出、香織の音楽生活、今の香織の容体。私は一方的に聞くばかりだったが、そこには多くの誤解が含まれていた。いちいち訂正しようとは思わないが、妻は本当に香織のことを理解できていないのだと呆れた。

ダイエットにいいからと彼女が勝手に頼んでしまった薬膳ランチのコースが二人分運ばれてくる。このぶくぶくと太った顔でまだダイエットに興味があるのだと驚くものの、もちろん口には出さない。

何かを考えているからといって、それを表明することが偉いとは限らない。実は香織には、そういった物事の真理をよく表現した歌が少なくない。妻がこれまで娘の音楽に興味を示さなかったのも仕方のないことだ。妻と香織はまるで別種の人間なのである。家族の中で香織を理解できていたのは私だけだと思う。

妻は自分の分の薬膳スープをぺろりと飲み干してしまうと、何の断りもなく私が口を付けていないスープを奪い取って一気に飲んでしまった。

171

親指、人差し指、中指、薬指、小指。ショートカットの理学療法士が、指を順番に折ったり曲げたりを繰り返している。

幼さの残るその顔つきは、私と同年代のようだ。新しい病院に転院してから96日が経つが、リハビリテーションの成果は一向に出ていない。理学療法士は、聞いていないふりをしながら、明らかに姉たちの会話に興味津々だ。

「印税率ってもう少し上げられないんですか。正直、ほとんど制作費がかかってないわけですよね。一から曲を作る時と今回の場合で、こちらに入るお金が同じっておかしくないですか。香織がどんな状態かわかってますよね。ここの入院費、知ってますか。あの子、本当に頑張ってリハビリしてるんですよ」

さっきから病室では、チーフマネージャーの山根相手に姉が新曲の印税率の交渉をしている。倒れてから、すでに二枚のシングルCDが発売された。オリコン初登場の順位はそれぞれ2位と3位。歌手本人の稼働が一切ない中でそれぞれ約20万枚を売り上げた。決して悪くはない成績だと思う。おそらく一千万円以上の印税収入があったはずだ。今度は夏に向けてベスト盤を発売しようという話になっているらしい。

すっかり姉は、自分で言っていたはずの、私の意向を優先させたいという話を忘れている。元気だった頃の私は、少なくともアルバムをあと一枚出すまではベスト盤を発売したくはないと宣言していたはずだ。ベスト盤とは諸刃の剣である。落ち目のアーティストにとっては再注目の起爆剤となるけれど、勢いの止まった過去の人という烙印を押されかねない。

「弁護士さんにも確認してもらったんですけど、何で著作権や原盤権を香織が持っていないんですか。しかもテレビ局とか、香織が所属したこともない芸能事務所にも権利があるってどういうこと?」

「それは業界の慣例なんですよ。香織さんには何としてでも大ヒットして欲しかったんで、テレビ局に協力してもらったり、大手から邪魔されないことが大事だったんです。いわば、挨拶のようなものというか」

山根は弱気に答える。芸能業界の常識は姉から見れば異質に見えるのだろう。素人が口を挟んでいい問題ではないのに、なおも姉は食い下がる。

「そうだとしても、デビュー当時、香織は未成年ですよね。母に聞いたんですが、契約については何も説明を受けてなかったそうです。ねえ、そうだよね」

部屋の脇で『週刊文春』を読んでいた母が曖昧に頷く。その様子に満足そうに笑うと、再び姉は山根に向き合う。

「もちろん、私としては香織のことをこれまで支えてくれた山根さんたちと仕事をしたいと思ってます。でも、さすがに今のままの契約はないんじゃないですか。私たちを素人だと思って馬鹿にしていませんか」

姉は落書きのようなグラフィティが全面に施されたルイ・ヴィトンのバッグを持っていた。最近は毎月のように新しいバッグを買っている。そのお金はどこから出ているのだろうと考えてすぐに止めた。どうせ今の私にはどうすることもできない。

それよりも指先に意識を集中させる。もしかしたら今日から指が動き出すかも知れないからだ。幼い理学療法士を見る。

元気な頃だったら絶対に友達になれない顔だと思う。不細工というわけではないが、眉毛の手入れも大してしていないし、もちろん産毛もそのままだ。そのくせ自意識は強そうで、さっきから何度も手ぐしで髪を直している。

今の私には、彼女が起こす奇跡を信じるしかない。そうやって、もう何十人の医師や療法士に期待を裏切られてきたけれど。

「じゃあ私はこれで失礼します。お姉ちゃん、あとはよろしくね」

「お母さん、タクシーの領収書もらっておいてね。経費にするから」

「電車で帰るからいいわよ。タクシーだと一万円近くかかるでしょ」

「だから経費なんだって」

きっと姉は自営業者における経費の意味もわかっていない。経費と言っても天から降ってくるお金ではないのだ。

姉は私の成年後見人になって、貯金を自由にできるようになってから見るからに金遣いが荒くなった。貯金は8000万円くらいならあったけれど、散財しようと思ったら一瞬で消えてしまう額だ。ホストにはまり出すのだけは止めて欲しい。

山根は姉をいい気分にさせようと必死だ。もともとクリエイティブについては一切センスがなく、口先だけで現在のポジションに就いた男だから、姉との交渉においては適任といえば適任である。

「この前のCDに封入させてもらったお姉さんのライナーノーツ、社内でも評判だったんです。どこに行くにも姉妹一緒で、二人で物語を作るのが趣味だったなんて僕も初耳でした。その頃、一緒に行った水族館が香織さんの作品に活かされているのではないかという推測はご家族ならではですね」

嘘ばかりだ。私は姉と仲が良かった時期なんてほんの少しもない。友達の多かった姉と、図鑑好きで部屋に籠もってばかりいた私は、まるで性格の違う姉妹だった。

しかも二人が子どもの頃に出掛けたとしたら、水族館ではなくてプラネタリウムのはずだ。外惑星探査機のグランドツアーを紹介する映像を大きな白いドームの中で観た覚えならある。今でも当てのない恒星間飛行を続ける時代遅れの孤独な旅人。夢の中の私が外惑星に旅立とうか迷っているのは、あの映像が頭のどこかにこびり付いているせいなのかも知れない。

「本当に香織は水族館が好きだったんですよ。いつも魚図鑑を読んでいました」

確かに魚図鑑くらいは持っていたけれど、繰り返し読んだのは宇宙開発の図鑑だ。潮の匂いは好きだったけれど、水族館はどこか魚臭くて苦手だった。

このまま姉に自由に発言されればされるほど、私の間違ったイメージが流布《るふ》されることになる。姉の好きにさせるわけにはいかない。そのためには何とかこの身体から抜け出す必要がある。

「ベスト盤は、お姉さんにクリエイティブ・スーパーバイザーとして入って頂けないかと思っているんです」

「クリエイティブ・スーパーバイザー？」

「アルバム全体の雰囲気を決めたり、アルバムに使う写真を選んだり、そういったクリエイティブなことと全体にアドバイスをして頂く仕事です。もちろん印税の他にお金はお支払いします」

山根の馬鹿さ加減にあきれる。本当に止めて欲しい。姉の全身をゆっくりと見渡してみればいい。金色のメッシュが入った茶色の髪、日焼け肌の細い眉に寒色系の目元、黒いタートルネックに、チェックのミニスカートという5年前のギャルみたいな服装をしている。私と趣味が合わないことはもちろん、時代に合った服さえも着られない姉にアドバイスを求めるなんて頭が狂っているとしか思えない。

それからしばらくして、姉からベストアルバムのサンプルを見せられた。にやにやした顔で私の眼前に正方形のプラスチックケースを押し付けられた時は、頭に血が逆流してどうにかなりそうだった。半ば予想はしていたが、ジャケットには全く私好みではない写真が使用されていたのだ。

デビュー前、高校生の頃にバンドをしていたスナップを姉が実家から見つけてきたらしい。太い眉毛に、ちびまる子ちゃんみたいな髪型。それなのに真っ赤なリップをつけていて、いかにも情緒不安定の高校生という見た目である。手が動くなら今すぐに破り捨ててしまいたいほど悲惨な写真だった。

極めつきは「プリンセス」というタイトルだ。私は覚えている限り、一度もお姫様になりたいと思ったことはない。むしろ母が築き上げた女王の国から抜け出すことを生き甲斐に音楽を始めたのだ。外交や政治といった大事なことは全て王様や女王様任せで、ファッションや結婚相手にしか関心がないお姫様が大嫌いだった。

物語に出てくるお姫様は、いつも受動的だ。誰かの提案を待ってばかりいる。おとぎ話を読みながらいつも疑問だった。なぜお姫様は、親の跡を継いで国王になれないのだろう。もし国が戦争に巻き込まれでもしたらどうするつもりなんだろう。

姉は最高の選択をしたと自慢したいのか、サンプル盤を枕元に置く。

「香織、このジャケット写真、最高だと思わない？　わざわざ実家の段ボールを何箱も漁ってきたんだよ。香織が高校生の頃に私はもう家を出ていたでしょ。アルバムは初めて見る姿ばっかりでびっくりした。バンドを始めても地味だったんだね。この写真、お父さんが撮ったんだよ。あの人が香織に興味があるなんて意外だったな。高校の教え子に自慢したかったのかもね。

こんなこと言っても、今のあんたには一切理解できないだろうけどさ。正直、中途半端に回復して滅茶苦茶なこと言われるよりもずっといいけどね。香織、芸能界の大人に馬鹿にされすぎだよ。昔から自分の権利に無頓着だったよね。スタジオ代を稼ぐって慣れないアルバイトをしてたけど、あんなのお母さんやお父さんにねだればよかったのに。でもこれからは大丈夫。香織のことは私が守ってあげるから。だからこれからもずっと安心して眠っていいよ」

下品な表情で姉がほくそ笑む。姉は笑うと母とよく似た顔になる。私もあと何年かしたら、こんな醜い顔になってしまうのか。

目が上下にしか動かない私は、それからしばらくの間、枕元に置かれた「プリンセス」を視界に留めることになった。このアルバムが全国に並ぶと思うと、怒りがまるで赤血球のように全身に行き渡る気がした。これから作品を発表できないのなら、「プリンセス」が私の代表作という扱いになりかねない。

だけど怒りに震える間だけは、身体の痛みを忘れることができた。さっきから痛みが治まらない右親指の関節や、褥瘡ができかかっている背中の痛みも「プリンセス」

の前ではどうでもいいことのように思えた。もうこれ以上、姉の好きにはさせたくない。知性も品性もない姉に、私が築き上げてきた世界を壊されてたまるか。彼女の思い通りになんてさせるものか。絶対に治ってみせる。

他人からは呻《うめ》き声にしか聞こえなかっただろう。その夜、私はあの事故に遭った日から初めて、小さな声を発した。

＊

病院に向かうタクシーの中から、香織が来月発売するベストアルバムの街頭広告が見えた。スペイン坂の向こう、ＡＢＣマートのすぐそばのビルの外壁に大きく妹の写真が貼り付けられている。あどけない表情で、必死に世界と戦っているようなスナップ。我ながらいい写真を探したと誇らしい気分になる。

だけど携帯電話で写真を撮ろうとした瞬間にタクシーは動き出してしまう。都内だけでも何十箇所に掲示されるらしいから次の機会でもいいと思ったが、運転手さんに待ってもらって街の様子を写真に収めた。

富ヶ谷の交差点を抜けて、リハビリテーション病院の車寄せにタクシーは着く。せっかく買ったD&Gのコートがいらないくらい今日は暖かい。いつも愛想が悪い警備員と受付スタッフを横目に、妹の病室を目指す。貧相なビジネスホテルのような病院だが、入院費は驚くほど高い。香織が入院している一人部屋なんて一泊4万5000円もするのだ。

あの若い医師は本当に余計なことをしてくれた。理学療法士によれば、最近の香織は小さな呻き声を発したり、指先がかすかに動くこともあるという。さすがに高級な病院だけあると思ったが、香織が中途半端に回復したところで何の意味があるのだろう。事故前のように歌える状態まで戻るのなら別だが、今は頭がきちんとしているのかさえわからない。

その香織が話し始めて、滅茶苦茶なことでも言われたら、せっかくの努力が無駄になってしまう。

一刻も早く、香織が奪われていた権利を取り戻し、正当な契約を結び直さないといけない。その上で未発表音源を発表したり、これまでの香織との思い出を世間に発表していく。そうすれば、元気だった時以上に香織の評価は上がるのではないか。香織を守れるのは自分しかいない。

そうやって決意を新たにすると、香織の眠る病室の扉を開けた。彼女は、私が差し入れした灰色のパジャマを着ていた。

252

さっきまで降っていた雨が止んで、空全体に広がった薄い雲の向こうからは、光の筋が何本も差し込んでいる。父の指示に従って、介護タクシーは狭い路地を進んでいく。一応は都内だというのに、沿道には木が生い茂っている。高層ビルは少ないが、緑が視界を遮っていて、決して空が広いわけではない。

小学校の頃によく通った公園を通り過ぎた。あまり勉強で困ったことのない私は、よく学校を抜け出してこの公園に来ていた。坂道の上の高台の広場にいくつかの遊具が置かれただけの小さな公園だったけれど、その場所から見える景色が好きだった。

住宅街と小さな野球場、その先にはほんの少しだけ東京湾が覗ける。特に夕暮れの少し前、夏の午後4時くらいの海が好きだった。いくつもの光の粒が水面に乱反射して、まるで点描画のような海がさざめく。実際には何キロも離れていたせいで、潮の香りも波の音もしなかったけれど、無音の海は月の沙漠のようにも見えた。

タクシーは高井さんの家を曲がって、吉田さん、二階堂さんの家を通り過ぎる。そういえば海くんとも何度か海を見に行った。

彼の名前は地球上で一番表面積が大きいからという理由でお父さんがつけたらしい。海くんはいつもその名前への不満を口にしていた。地球の構造を考えた場合、地表面よりも核やマントルなど地殻下のほうが体積は大きい。組成を考えると、海よりも鉄やマグネシウムのほうが絶対量は多いのではないかというのだ。

「それじゃ鉄くんになっちゃうよ。鉄くんって、何だか鉄道マニアみたいじゃない？君、電車なんて乗らないでしょ」

「俺だって、ロンドンとかニューヨークに行ったら地下鉄くらい乗るよ」

そんな他愛のない話をしながら、海を目指したんだった。閉館間近の現代美術館で荒木《あらき》経惟《のぶよし》展を観た後、表へ出るともう午後6時を回っていた。

私たちはいつもの癖で、何となく歩き始めた。展示会場に並べられていた写真は、人々や街の何気ない瞬間を切り取っていただけなのに、その集積は異様な生き物のよう。そんな私の感想を海くんは笑いながら聞いてくれた。木場公園を過ぎて、木造アパートや民家の建ち並ぶ深川の町を歩く。いつもの海くんとの散歩はネオンの中ばかりだったから、その日のことは特に覚えている。

私は恥ずかしかった。なぜなら、その町並みが私の実家の近くとよく似ていたから。同じ23区内でも、渋谷や六本木とはまるで景観が違う。海くんに自分のルーツがばれてしまいそうで、必死にどうでもいいことを話し続けていた。今から思えば、代官山生まれの海くんは、下町を馬鹿になんてするはずがないのだけど。都会生まれの人は、東京に対して過剰な憧れを抱かないし、田舎を茶化したりもしない。

「ホームパーティーでテリーヌを出すのは大抵、福井とか島根出身のやつなんだよ。だいたいテリーヌって何だよ。世界で一番好きな食べ物がテリーヌですって知り合い、誰か一人でもいるか」

デビューしてすぐの頃、たまたま顔を出したお洒落なホームパーティーで小太りの誰かが言っていた。私は別に福井県の出身ではなかったが、それでもテリーヌ族の一員だ。お金ができてからは恵比寿のマンションに引っ越したし、海外のブランド家具で家を埋め尽くした。ほとんどの東京は、東京に憧れる人々によって生み出されたファンタジーに過ぎない。

介護タクシーは、二階建ての一軒家の前で停まった。駐車場にはスズキの軽自動車、極小の庭にはわずかばかりの鉢植えが置かれている。黒い屋根と、クリーム色の外壁。

家を出た高校三年生の時と、ほとんど変わっていなかった。外壁だけはやたら黒ずんだ気もするが、元からだったかも知れない。もう戻ることはないと思っていた実家に帰ってきてしまった。私と運転手を放置したまま、父は母や姉を呼びに行く。

歩いて新木場駅に着く頃には、すっかりと空は暗くなっていた。その分、駅前ロータリーの白い光がやけに眩しかったのを覚えている。人通りはほとんどない。まるで二人だけが夜の世界に飲み込まれてしまったかのようだった。

海くんはタクシーを探して帰ろうと言ってきたが、私は橋を抜けた先にある公園まで行きたいと、彼の提案を拒む。

私は昔、父に連れられてその公園に来たことがあった。釣りをささやかな趣味としていた父だったが、休日に娘を連れて行く場所として都合がよかったのだろう。父が釣りに夢中になっている間、私はよく倉庫街を探索した。公園の低い柵を跳び越えて、海沿いを歩いて行くと、海上にはたくさんの木が浮かんでいた。

思い出す海の色は白い。ほとんど波がない代わりに、光が穏やかに乱反射していて、そのせいで水の雫が跳ねているように見える。

乗り気ではない海くんを誘って、子どもの頃と同じように公園の柵を越えて、海沿いの道を歩く。もう真っ暗だと思った海は、白かった。対岸の倉庫が放つ真っ白い光が、海に反射していたのだ。

まるで蜃気楼《しんきろう》のように、海の中にもう一つの世界があるようだった。

「海ってさ、白いんだよ」

「俺には黒く見えるけどね」

「私たち、本当は気が合わないのかもね」

京葉線が鉄橋を渡る音。地面に落ちたビニール袋が風になびく音。決してひとところに留まらない海が太平洋へ向かって流れる音。

白い夜の中にいくつもの音が重なっていく。シャープもフラットも一つもつかない、Cメジャースケールが似合う世界。どこを探しても水平線なんて見えない。臨海副都心の高層ビルと埠頭の倉庫に囲まれた不格好な海。

もしも私にとっての原風景があるとすれば、この無機的な東京湾だ。それを海くんに見て欲しかった。そして、こんな町並みや、こんな家が私のルーツであることを知られたくなかった。車椅子に乗せられた私は、父に押されて家に迎え入れられる。しかし狭い庭には石が敷き詰められているせいで、結局父と運転手の二人がかりで何度も車椅子を持ち上げるはめになった。

移動中には何度も私の胸元がはだけそうになる。ビッグサイズのTシャツにもかかわらず、誰もブラジャーを着けてくれなかったのだ。運転手はちらちらと私の胸元を見てくるが、父はきちんと目を背けてくれる。そういえば病室での着替えも絶対に立ち会おうとしなかった。家族の中で唯一デリカシーのある人間だったのだ。

玄関ポーチの三段分の階段は、二人では車椅子が不安定になってしまうので、母や姉までが助けに入る。玄関には未だに姉の作った「ふじもと」という表札が飾ってあった。色とりどりのビー玉で名前を作っているのだが、救いようのないほどセンスが悪い。田舎の民芸品店でしか見かけないような感性を姉はどこで習得したのだろう。

玄関に入ると、すっかり忘れていた実家の匂いが身体に染みこんでくる。靴棚の上に置かれたドライフラワーも、なぜか置きっぱなしになっているキンチョールも、町内会の回覧板も、家を出た4年前のままのはずはないのに、まるでタイムスリップをしたかのようだ。要素が多すぎて、統一感がまるでない玄関。

思わず呻き声を出してしまいそうになる。

リハビリテーション病院に入院していた177日間で、私の身体は驚くべき回復を見せていた。まだ自力で歩行することや、自由に話すことは叶わないが、指先が動いたり、流動食の嚥下くらいならできるようになった。私を植物状態だと判断した老いぼれの医師は何と言うのだろう。

しかしまだ不十分だ。何せ他者に意思を伝える手段がないのだ。何かを話そうとしても呻き声になってしまう。医師や療法士によっては、瞬きや指先を動かす回数によって「はい」か「いいえ」かを判断しようとしてくれたが、母や姉はそうしたコミュニケーションを好まなかった。私が喋ると面倒だと思っているのかも知れない。そう思うほどに彼女たちへの憎しみが募っていく。

177日でここまでの成果が出たならば、本当はもっと病院でリハビリを続けるべきだったと思う。だが姉が「差額ベッド代がもったいない」「新しい制度も始まって、在宅のほうが質の高い医療が受けられる」と言い張って、無理やり退院を決めてしまった。私としては良質なリハビリが続けられるなら場所はどこでもよかったが、最近の姉の言動を見る限り、それも怪しいと見ている。

ベストアルバムの売上が70万枚を越えたことで、姉は今まで以上に強気の態度で芸能事務所と交渉するようになった。とにかく手元に入る印税を1%でも上げる方法を弁護士と相談しているらしい。もうお金のことは勝手にしてもらっていいのだが、ひどいジャケットや嘘のエピソードを量産するのは止めて欲しい。

最近では、私でも忘れていた過去を発掘して、それをプロモーションの材料に使っているようだ。滑り止めで受けた私立高校の合格通知がテレビで紹介されたのには驚いた。特待生として合格と書いてあったので名誉な記録と思ってしまったのかも知れないが、あれは偏差値53の学校だ。勉強のできなかった姉には高校の序列などわからなかったのだろう。

家に入ってそのまま自室に連れて行かれるのかと思ったが、テレビの点いているリビングに通された。玄関とリビングの間にあったはずの段差がなくなっていた。改修工事をしたらしい。

どうせなら玄関の段差も解消して欲しかった。まさか一生、この家に閉じ込めるつもりなのだろうか。

その想像にぞっとする。私が外出することをまるで考えていない段差。一人や二人の助けでは抜け出せない家。勘弁して欲しい。あの思春期の頑張りは何だったのか。私が何のために音楽を始めたのか。こんなことってあるだろうか。

リビングのテレビは50インチの大型のものに代わっている。そして無造作にブランドのロゴが書かれた箱がいくつもテレビの周りに積み上がっていた。私のお金はとっくに家族の共有財産になったのだ。

「このお姉ちゃん、なんで何も話さないの？」

ウーパールーパーのような顔の男の子が顔を覗き込んできた。姉の子どもの翼だ。

もうすぐ三歳になるはずだが、相変わらず頭の悪そうな顔をしている。Tシャツにはディオールと書かれていた。もしかしてこの服まで私のお金なの？

彼は車椅子に座っている私の膝に乗り込んでくる。そして興味の赴くままに鼻先を突っついたり、頰をいじったりする。しかし姉は翼を制止しようとしない。それどころか、何か微笑ましいものを見るような表情で、翼と私のことを見ている。

「ねえお母さん、なんで？　どうしてお姉ちゃん、黙ってるの？」

姉は座り込んで、翼と視点の高さを合わせる。そして髪を撫でながら言い放った。

「そのお姉さん、馬鹿なのよ」

「馬鹿？」

私が心の中で聞き返そうとしたのと同じことを翼もつぶやく。

「そう。馬鹿だから話せないのよ。これからこのお家に住むんだって。馬鹿なお姉さんだから優しくしてあげてね」

翼は姉に元気よく返事すると、私の頭をごしごしと撫でてくる。何でこんなウーパールーパーに笑いものにされないといけないのだ。屈辱どころではない。今すぐこの部屋に隕石が落ちてくれればいいのに。翼や姉もろともぐちゃりと身体を潰されればいい。せめてもの抵抗に喉の奥から声を絞り出そうとする。まるで人間のものではないような不気味な重低音に翼は泣き出してしまった。

「お姉ちゃん、悪魔、悪魔？」

「そうね、悪魔なのかもね。未だに熱心な信者がいるんだから。本当に不思議よね」

姉は翼を抱きしめる。その様子を見たくないのか、父はテレビを点ける。時代遅れの顔をした俳優が海釣りをする番組が放送されていた。その海に、子どもの頃に見た白さはなかった。解釈の余地を許さない濃い青の海が水平線まで続いている。あの宇宙ホテルから見下ろす海でさえ、もう少し淡い色だったのに。

この家を早く出たい。もう一度私は、腹の底から呻き声を上げた。

＊

現代美術館の外に出ると遠くから雨の匂いがした。濃紺の雲が忙しなく西から東へと流れていく。ドローイングや模型は見応えがあったが、やっぱり建築物は実物を見に行かないとだめだと思った。だけどルイス・バラガンのためだけにグアダラハラやナウカルパンに行ってくれる友達なんて、香織ちゃん以外思い浮かばない。

彼女が事故に遭ってからもうすぐで一年になる。今でも時々、香織ちゃんのことを思い出して泣きそうになる。

いっそあのまま死んでくれていたら、こんなに未練がましく香織ちゃんを思い出すこともなかったのだろうか。

誰かが生きていることがこんなにも辛いなんて。うっかりすると涙で顔がくしゃくしゃになりそうだ。いつか香織ちゃんと歩いた道を通って海にでも向かおうとも思ったが、小雨が降ってきてしまった。

すぐにスタジオへ戻る気にはなれなくて、近くの自動販売機でタバコを買ってみる。だけどライターを持っていないことに気が付いて、火もつけずにただ巻紙を口先にくわえる。「ねえ香織ちゃん、俺さ、何やってるんだろうね」。誰にも聞こえないほどの小さな声で、一人つぶやいた。だけどもう頭の中で香織ちゃんの声はしない。

386

国会中継ではライオンのような髪型の政治家が、今日もイラクという国についての演説をぶっていた。一度も聞いたことがなかった大量破壊兵器という言葉がすっかり耳馴染みになってしまう。遠くの国で戦争が始まるのだろうか。その戦争にこの国は加担するのだろうか。やたら国際協調が大事と繰り返すが、その「国際」にはどこまでの国が含まれるのだろう。

彼の話を聞くスーツ姿の男たちは誰もが眠そうだった。皆、高給取りの国会議員のはずだ。国会議員の数はいっそ10人くらいにしてしまったほうがいいのではないかと思う。仮に国会が戦争に参加するかを決めるとなった時、今のように何百人も議員がいては、一人一人の選択に、それほどの緊張感や責任が生まれない。だけど議員が10人しかいなければ、彼らは真剣にこの国の未来を考えるだろう。人の命が関わった討論で居眠りなんてことは起こりようがない。

部屋では一日中NHKが点けられている。本当は映画やMTVでも観たかったが、気を紛らせるのに国会中継や報道番組は都合がよかった。自分の生活さえままならない私が天下国家について考えるなんて馬鹿げているが、その間だけは身体の痛みや痒みを忘れることができた。

事故に遭う前は全く興味のなかった海外ニュースも気に入っている。ニュース番組はどれほど世界が不公平で、いかに視聴者が身勝手なのかを教えてくれるから。

夏の終わりには、セネガルの旅客フェリーがガンビア沖で嵐の中転覆し、７００人以上が行方不明になったというニュースがあったはずだが、ほとんど続報は伝えられなかった。その代わりに、児童自立支援施設の少年たちが職員を殺害したニュースだとか、北九州で起きた連続殺人事件の続報だとか、ニュース番組は国内の出来事に関してだけやたら熱心だ。

命に貴賤《きせん》はないというが、人々の好奇心は命に順位付けをする。好奇心は共感を持てる範囲内にしか芽生えない。たとえばＮＨＫで10人の職員が殺されるテロが起きれば、日本中がしばらくの間パニックのようになるだろう。しかし東ティモールや中東で大規模な暴動やテロが起こり、何百人、何千人が死んだところで、この国の人々は大きな興味を抱かない。

ほんの一部の人を除けば、ＮＨＫ職員も、東ティモールの市民も、出会ったことがないという意味では同じなのに。どうして同じ国籍を持つというだけで、人々は身勝手な共感ができるのだろう。国という想像の上でしか存在しないもののために、どうして心を動かすことができるのだろう。

今の私にとっては、この国のニュースも、遠い国で起こるニュースも、等しく無価値だった。もっと言えば、藤本香織に関するニュースやビジネスでさえも、もはや他人事としか思えなかった。

週に三回、作業療法士が家を訪れてくれるが、おざなりに関節を触るだけで帰って行ってしまう。少しずつ指先の可動域が広がったり、自分でも唾が飲み込みやすくなったり、多少の回復は感じるが、意思疎通ができるレベルにはほど遠い。

歌だけはたくさん生まれていた。メモがないと忘れてしまうものだとあきらめていたのに、音楽は貯まっていく一方だ。よく見る夢は私の歌が描いてきた世界に似ている。違う。もしかしたら、昔からずっとあのホテルで歌を作ってきたのかも知れない。

よく一緒にコンテストに出ていた女の子に言われたことがある。ピアノを触りながら作曲していると、すぐに手癖が出てしまう。だから、できるだけ頭の中で考えてから楽器に触った方がいいよ、と。確かにあまり試してこなかったコード進行や曲調の歌がたくさん生まれている。ホテルで生まれた歌がそのまま響いている。売れなくてもいいから、せめて誰か一人にでも伝えられたらいいのに。あの女の子は今、どこで何をしているんだろう。

言葉は歌から始まったという説があるらしい。何度か海くんとその話をしたことがある。臨海副都心のテレコムセンターの展望台に登った夜のはずだ。見晴らしがいい場所なのに広い展望台には私たちしかいなかった。

「香織ちゃんは何で歌手になろうと思ったの？」

「家を出たかったから。海くんは」

「洗脳かな」

「洗脳？」

「だって何百万人、何千万人に届くメディアって他にある？　結局、俺の歌にそこまでの力はなさそうだけどね」

窓の外ではすっかり東京の街に馴染んだレインボーブリッジが怖いくらいに夜を輝かせていた。その向こうには東京タワーや無数のビル群が見える。

「歌ってどうやって始まったのかな」

「言葉が歌になったんじゃなくて、歌が言葉になったらしいよ」

そんな何気ない会話から、いつものように歌について私たちは話し始めた。

最初の言葉はきっと、単純で整然としたものではなく、歌うような情熱的なものだったのではないか。そんな昔の思想家の予言を裏付けるように、歌が何かの文法を持っていて、それが進化して言葉になった可能性について鳥やクジラの研究者たちが真面目に議論しているのだという。

ということは、かつて歌うことしかできなかった人類がいたのだろうか。狩猟の時のかけ声も、愛する人への求愛も、恋敵との喧嘩も、子どもをあやすのも、その全てを歌によっていた人々がいたのだろうか。口笛や鼻歌、時には合唱を駆使して互いの思いを伝える。まるでミュージカルの世界のような、歌の楽園があったのだろうか。

しかし彼らは淘汰《とうた》され、もしくは進化して、話すことのできる人類が誕生した。おそらく言葉は人々を豊かにしたと同時に、暴力的にもしたのだろう。

言語は協力体制を築き、集団を作り上げるのに向いている。そして言葉は、いつだって未来を目指そうとする。

人々に好まれる歌は、何十回、何百回、何千回と繰り返し唱和される。だから場所や集団に対する帰属意識を醸成するのに歌は向いている。だけどその分、歌は人々をひとところに留まらせようとする。

きっと歌う人類はこの地球の片隅で、ひっそりと生きていたのだろう。そしてひっそりと次の人類にバトンを渡し、消えていったのだろう。

だけど歌そのものが消えることはなかった。物語を伝えるため、歴史を記録するため、戦争を鼓舞するため、平和を求めるため、言葉を獲得した人々によって歌は使役され続けてきた。人類は文字を持たなかった期間のほうが長い。歌はきっと文字の代わりだった。ただ言葉を暗記するよりも、旋律に乗せたほうが遥かに記憶効率がいい。

多くの神話は歌で伝わってきたのだと思う。文字に記録されてしまった瞬間に、メロディーは消え、原型がわからなくなってしまったけれど、その片鱗はまだこの世界のどこかに残されている。初めて聞いたはずなのに懐かしい旋律は、もしかしたら神話に属している。

「香織ちゃんがよく見る宇宙の夢は、何かの神話の名残なのかも知れないね。まだ言葉を知らなかった俺たちが歌っていた物語」

テレコムセンターからの帰り道、海くんは唐突につぶやく。私たちは無機質なビルと殺風景な道路の真ん中でさっき呼んだタクシーを待っていた。

「だって昔の人は宇宙旅行になんて行ったことないでしょ」

そう言い返した私に海くんは何て応えたんだっけ。地上から見上げるテレコムセンターのビルは、図鑑の中にしかなかった未来がうっかりと訪れてしまったような外観をしていた。

「そんなこと言ったら、香織ちゃんもないでしょ。でも昔の人は俺たちよりもずっと宇宙に関心があったはずだよ。ただ夜空に点在する光を結びつけて星座を作ってしまったくらいなんだから。そんなのよほどの興味と時間がないとできないよね」

この頭の中で響いている曲たちを誰かに聞かせたい。一人に伝われば、その人がまた誰かに伝えてくれるかも知れない。

　そうやっていくつもの音楽は、姿や形を変えながらも、何とか21世紀まで辿り着いた。その果てしのない流れに自分自身も加わりたい。事故を起こす前はあり得なかったことだが、最近の私は何を残せるかばかりを考えている。

　国会中継ではまだ、何枚も重ねたオブラートの上から、さらにジップロックをかぶせたような言葉でイラクについての答弁が続いていた。せめて政治家たちも比喩が上手かったらよかったのに。

　歌詞が少しも思い浮かばずに困っていた時のことだ。海くんは唐突に「さかさまの五線譜」とか「朝焼けの羊」とか「水色の風向き」とか、意味のわからないいくつもの言葉をつぶやいた。

「リスナーってのは、ひょっとしたら俺たちよりもずっと優秀なんだよ。何も関係がない言葉を組み合わせても、そこから勝手に意味を汲み取ってくれる。今の香織ちゃんが素敵な歌詞を思いつけないんだったら、しばらくは意味のないメタファーでしのげばいいよ」

　何でもないものを大したものに見せてくれる魔法の技術。この国で一番、比喩表現が上手なのはお笑い芸人だ。何にも考えずに、国中が笑えるくらい、後腐れのないメタファーを作る天才たちである。だからコメディアンたちが政治家に向いている理由はよくわかる。

急にテレビのボリュームが大きくなった。

何かと思ったら、いつの間にか部屋に入って来た父がリモコンを調整したようだ。母は出かけているようだが、文化祭の代休で父が一日中家にいるらしい。毎週火曜日に来てくれているはずのヘルパーの大村さんは料理か洗濯をしてくれているのか、しばらく姿が見えない。

何か心配になって私の様子を確認しにきたのだろうか。しかし父は私が昔使っていた勉強机に座って、ただテレビを観ているだけだ。リビングのテレビのほうが大きいのに、どうしてこの部屋に来たのだろう。どうせなら、掛け布団が身体からだいぶずれて掛かっていて気持ち悪いから、位置を数センチでいいから変えて欲しい。

その願いが通じたのか父は勉強机を離れ、ベッドの足元から私を見下ろす。想像よりも痩せていた父は、目がノドグロのようにぎょろっとしていた。腕を組み、仁王立ちをしたまま私の姿を見つめている。まるで写生をするかのように、身体の一つ一つのパーツを凝視しているのだ。何か私に異変でもあったのだろうか。

そう訝《いぶか》しんでいると、父はベッドの脇に自らの片手を置き、少しずつ私に近付いてきた。国会議員の答弁に紛れて、彼の息づかいが聞こえてくる。少しずつ父の呼吸は荒くなる。その姿を見ないように、何とか眼球を上に動かす。それでも確かな気配が身体中に迫ってくるのがわかった。おそらく父の顔は今、私の胸あたりにある。

頭が混乱していた。これまでの人生で、父に性の気配を感じたことは一度だってなかったから。私が物心ついた時にはすでに母とは冷め切っていたし、不倫をするような甲斐性もない。彼は絶対に私の着替えにさえも立ち会おうとしなかった。

もしかしたら、これは何かの勘違いなのだろう。父は私の身体に何かを見つけて病院に連れて行こうか迷っているのではないか。あれだけの事故に遭ったのだから、いつ何が起こるかわからない。

だけど息の気配は、どんどん下半身へと下がっていく。私は父の存在を忘れようと必死に天井を見つめた。すでに築15年が経過した家だが、壁紙を変えたことは一度もない。真っ白かったはずの天井には、いくつもの染みができていた。私がこの家を出た後は、父や姉によって喫煙部屋として使用されていたらしい。そのせいか、赤茶の斑点が天井のいたるところに点在しているのだ。

1、2、3。心の中で染みを数える。父はいよいよ顔を私の股に埋めたようだ。さっきまでの荒い息は収まり、ゆっくりと深呼吸をしている。排泄も困難な寝たきりの娘の股間の臭いを嗅いで何が楽しいのか。4、5、6、7。何とか父のことを考えないようにする。うっかりすると子どもの頃の思い出が蘇りそうだから。8、9、10、11、12。

想像したよりも染みの数が多くて安心していると、ついに父はスウェットの中に手を入れてきた。二時間前に取り替えてもらったばかりのオムツをまさぐっている。いっそこのタイミングで排泄してしまえば父もあきらめるかも知れないが、そんなことができるならオムツは必要ない。

夢だといい。全てが悪夢で、目覚めたらまだパーティーの余韻が残る恵比寿のマンションのベッドの上にいる。たとえば2001年9月13日。海くんの誕生日をお祝いするはずだった日。ツアーを終えて、成田からロスにでも旅立つはずだった日。その願いも空しく、父がさっきよりも力強くオムツをまさぐっているのがわかった。そしてついにオムツの上部から指を入れてくる。13、14、15。今までずっと、父は物静かで、私を遠くから見守るだけの人だと思っていた。しかし違ったのかも知れない。彼はいつも私に性的な欲望を抱いていたのか。

まるで毛虫のプールに沈められたかのように、肌が総毛立つ気がした。だけど全く動かない足では、父の指先を制止することもできない。16、17、18、19、20。ついに父の指は、私の性器に到達した。クリトリスに爪が当たるのがわかった。痛いだけでまるで気持ちよくない。せめてそれが救いだった。17歳の時、同じバンドでギターを弾いていた中島くんとの散々なセックスを思い出す。真っ昼間の部室なのにカーテンも閉めてくれなかった。青く滲んだ空を恨むような目で見てやり過ごしたんだった。21、22、23、24。国会中継は続く。その国に行ったこともないし、行く気もない人々が、相変わらず国際協調について語っている。政治家は歴史に審判されるというが、ほとんどの出来事はその前に忘却されてしまう。この気持ち悪さも、どうしようもない怒りも、どうせそれほど先まで覚えていられないのかと思うと悔しい。玄関が開く音がした。母が帰ってきたのだろう。誰でもいいからこの部屋に来て欲しい。しかし物音はするのに、誰もこの部屋の扉を開けてくれない。

*

新しい理事長が来てから高校全体がおかしくなってしまった。教育とは無関係の出版社勤めが長かった先代の息子は、変革を合い言葉に教員の業務量ばかりを増やしていく。自分より年上の教師に皮肉を言うのが生き甲斐で、いつも目と眉だけで笑っていた。まるでチェーホフの小説にでも出てきそうな嫌な男だ。

憂鬱な気持ちで家を出て行く時も、疲れ果てて家に戻った時も、いつも娘は死んだようにベッドで横になっていた。よく目は開けるものの、どこを見ているかわからないし、ひょっとするともう正常な意識はないのかも知れない。

そんな娘に手を出してしまったのは魔が差したという他ない。いつも香織につきっきりの妻とヘルパーが、今日に限って不在というのもよくなかった。彼女はたった一人で介護用ベッドに横になっていた。

香織が本当に目覚めないのか注意深く観察した上で、ゆっくりと顔を身体に近付ける。温かかった。それを確かめられただけでも十分だと思ったのに、もう自分自身を止められなかった。私の手は、香織の胸を、腹を、股をまさぐる。何をしても彼女は無反応だった。一体、私は娘に何をしているのか。その場から後悔が襲ってくるのに、指だけは香織の奥へと入ろうとする。

香織に触れるのはいつぶりだろう。最後に手をつないだのは彼女が幼稚園の頃だったか。娘の姿が走馬灯のように蘇る。学芸会で魔女の役を演じきった香織。授業参観だからといって無理に手を挙げようとしなかった香織。音楽コンクールでも決して観客に媚びを売らなかった香織。どの娘も美しかった。その娘が父に凌辱《りょうじょく》されそうになっているなんて。

ベルトを緩め、ズボンのチャックを下ろそうとした時、嚙み合わせに指が挟まれて我に返った。後悔と絶望が全身を覆い尽くしていく。もうだめだ。いくら香織が動かないからといって、こんなことはすべきではない。びっちょりと濡れた指を眺めながら私は静かに誓った。

998

久しぶりの外出だった。姉が勝手に、高畑帆波《たかはたほなみ》のライブに私を連れていくという約束をしてしまったらしい。ヘルパーの渡邉さんに手伝ってもらいながら、セカンドシートが車椅子にもなるアルファードに乗り込む。少し前から霧雨《きりさめ》が降り始めたようで、髪や顔も少し濡れた。誰も拭いてはくれなかったが、部屋の中で痛みや痒みを我慢しているのに比べれば、どこかへ行くのは気が紛れる分だけましだった。

帆波は私と同じ年にデビューした歌手だ。同じレコード会社ということもあり、デビュー前からの知り合いだったが、ずっと彼女のことを軽蔑していた。

帆波はレコード会社の幹部でも、テレビ局のプロデューサーでも、仕事上有利だと思った相手とは、とにかく簡単に寝るという噂で有名だった。

徹底していたのは、きちんと現場のスタッフにも媚びを売っていたところだ。いくら上層部が帆波を売り出せと言っても、現場はそうしたごり押しを嫌がる。そこで帆波は、役職としてはそれほどでないスタッフにも近づくことを欠かさなかった。「こんなしょぼい奴とも寝るんだ」という噂が広まることで「だったら俺にもチャンスがあるんじゃないか」という希望を多くの仕事仲間に抱かせたわけである。

正直、歌手としては凡庸だと思っていた。セールスとしても私のほうが成功していたし、そもそも帆波は作詞くらいしかできない。その詞も、ほとんどが恋愛をテーマにした陳腐なものばかりだ。だから帆波がアリーナツアーをしていると知った時はショックだった。全国で30万人を動員するのだという。事故に遭う前の私よりも多いくらいの数だ。

あの事故からもうすぐで三年が経つ。野田という若い医師の言っていた一年や二年という期間は誇張ではなかった。確実に自分は世間から置き去りにされつつある。

横浜アリーナへ向かうアルファードの中では、高畑帆波の曲ではなく韓国ドラマが流れていた。今年に入ってから母は、NHKで放送されているメロドラマに夢中なのだ。茶髪と眼鏡にマフラーという男のどこがいいのかさっぱりわからないが、すでに何度も韓国まで行ってロケ地巡りをしているらしい。私の知る限り、母は韓国や中国に露骨な差別意識を持っていたはずだ。たった一人の男によってすっかり国家観まで塗り替えられてしまったらしい。

テレビの中では、カモメが飛び交う砂浜で二人の男女が笑い合っている。カラオケボックスで流れる安っぽいプロモーションビデオに似た画面だと思ったが、母は涙ぐんでいた。フロントガラスにはささやかな雨がテンポよくぶつかる。その音にAフラットメジャーのコードが自然と重なった。渋滞もなく車は順調に首都高を抜けていく。車内では、ワイパーの音がどこかまぬけに響いていた。

関係者口でアルファードを降りる。その時に、大きめのベースボールキャップを被され、マスクを付けられた。どうして顔を隠す必要があるのかと違和感もあったが、同時に胸をなで下ろした。帆波のライブということは、私と面識のある音楽関係者もたくさん来ているはずだ。彼らにこの姿を見られたくない。

私は事故以来、自分の姿を見たことが一度もない。家族が協力して、私に鏡を見せないようにしているのだ。自室や廊下にあったはずの鏡は片付けられ、洗面所の鏡でさえ私がヘルパーと共に入浴する時はカバーが被されている。

不必要な配慮だと思う。だって今もこうして母に車椅子を押されながら、オムツをして、手足が動かない状態にあるのだ。髪は三軒隣の彩弓美容室のおばさんに切られたものだし、服は近所のしまむらで揃えられたものである。どう考えても20代のミュージシャンの出立ちではない。好んでその姿を世間に晒したいわけではないが、それが自分自身に突きつけられたところで傷つくほど弱くはない。

若いスタッフは私たち家族を三階のスイートボックスに案内した。本当は扉から座席に出られるはずだが、車椅子から移動させるのが面倒だったのか部屋の中からライブを観ることになった。

1万7000人が収容可能なアリーナに詰めかけた若者たちは一様にピンクのTシャツを着ている。おそらくツアーグッズだ。ライブでの物販収入はばかにならない。おそらく原価300円程度のTシャツが十倍以上の値段で売られているのだろう。

ステージの中央には巨大な地球儀を模したセットが組まれている。愛だとか恋だとか歌っていたミュージシャンがいつの間にか世界平和だとか人類愛をテーマにしてしまう、いつものあれかと思った。帆波のことだから、さぞ安っぽい平和の歌でも書いたのだろう。この国が関わったらしい、あの戦争にでも影響を受けたのか。

いきなり私たちの部屋に白髪の男性が入ってきた。60歳は越えているだろうが、長身に赤いマッキントッシュのコートがよく似合っている。

「藤本さん、横浜までわざわざありがとうございます」

その男性に気付くなり、姉はにこやかな微笑みで握手をする。どこかで見たことがあると思ったら芸能事務所の社長である伊藤だ。事故に遭う前も何度かしか会ったことがないから、すっかりその存在を忘れていた。

姉はいつの間にか伊藤とも仲良くなっているらしい。一時期は事務所を移籍するという話もあったが、結局は印税率の交渉の折り合いがついたようだ。今は良好な関係にあるのだろう。姉と伊藤は親しそうに話している。

「香織も楽しみにしていたと思います。ねえ香織、伊藤さんにも顔を見せてあげて」

久しぶりに姉に話しかけられた。しかも甘えたような鼻声だ。姉は私に正常な意識があるとは思っていない。最近ではすっかり物体のように扱われていた。介護にも一切携わらないが、すっかり藤本香織の代理人としての振る舞いは堂に入っている。

姉は私の帽子とマスクを取った。伊藤が眉間に皺を寄せた後、すぐに取り繕った笑顔になる。この三年間のうちに何十回も経験してきた、お決まりの反応だ。

「香織さん、久しぶりだね。元気そうじゃないか。今日は、帆波がぜひライブを君に観て欲しいっていうんだよ。わざわざ悪かったね」

伊藤はまるで年寄りを相手にしたように、やけにはっきりとした口調で私に話しかけてきた。彼自身がいい年だというのに。当然、私からは何の返事もできないから、すぐに会話は終わってしまう。伊藤は姉に小さく「大変ですね」と声をかけて部屋を出て行く。まさか彼から見ても、私は意識のない人間に見えたのだろうか。だったら横浜まで呼ぶなよと思う。

ライブは予定時間を30分押して始まった。どうせ帆波が気乗りしないとか、そんなどうしようもない理由なのだろう。アーティスト気取りか。

だけど帆波のライブは予想したものと大きく違った。

私でも知っている初期の楽曲はほとんど披露されず、どうやらこの一年、二年のうちに作られた曲ばかりが歌唱されている。楽器なんて弾けなかったはずだが、ギターやピアノでの弾き語りまでしていた。

悔しいことに、悪くない曲ばかりだった。ピアノの弾き方なんてまるっきり自己流なのだけど、先が読めない分だけ耳が離せない。もしかしたら自分で作曲までするようになったのかも知れない。タイアップソングが多いらしく、姉と母はドラマの感想を語り合っている。

「本当はタイアップの仕事をもっと引き受けるべきだと思うよ」。海くんの言葉が響く。私がスランプに苦しんでいた時にメールか何かでアドバイスをもらったのだと思う。実際の耳で聞いていないはずなのに、きちんと頭の中では海くんの声がした。

「ほとんどの歌手は制約の中でこそいい作品を生み出せる。桜井さんも、売れる前から勝手にタイアップソングだと思って曲作りをしていたんだって。あゆちゃんのヒット曲も彼氏のことを書いてたんでしょ。たまには俺で曲を書いてみてよ。こういうアドバイスはできるのに、自分はいまいち売れない哀れなミュージシャンの歌」

帆波には優秀なチームがついたのだろう。というか帆波のことだから、自分で優秀な仲間を増やしていったのだろう。外国人ダンサーを引き連れた、まるでサーカスのような華やかな舞台だった。ステージ上の装飾や演出も、背面の大型モニター用のカメラワークも、どれも質が高い。

彼女はこのライブを私に見せて何がしたかったのだろう。

アンコールに応えて、暗闇の中から帆波が現れた。ささやかなスポットライトが当てられた彼女は純白のドレスを着ている。拍手が鳴り止んでから、さらに十秒ほど沈黙して、ようやく帆波は話し始める。間の取り方が熟《こな》れていた。

「アンコールありがとう。次は新曲です。事故に遭う前の香織が書いてくれていた曲なんです」

　急に自分の名前が呼ばれて心臓が縮み上がりそうになる。私が帆波のために曲を書いていた？　そんなことあるわけがない。私に嫌われていたことくらい、もちろん帆波だって気が付いていたはずだ。

「みんな、香織って覚えてるかな。藤本香織。音楽の世界で、私にとって最も信頼できる友人で、頼りになる仲間でした。何度も音楽について話し合い、時には音楽性の違いで喧嘩をしたこともあるくらいです。だから香織が事故に遭ったと聞いた時は、何日もご飯が喉を通らない日が続きました。それくらい悲しくて仕方がなかった。香織がいない世界で私は生きていけるのかどうか怖かった。今、香織は必死の闘病生活を続けています。実は今日、会場にも来てくれているんです」

　観客から驚きの声があがる。事故以来、私が公《おおやけ》の場所を訪れるのは初めてだった。しかし自分がまだ世間に認知されていると喜ぶよりも先に、怒りでどうにかなりそうだった。私は一度も彼女を友人だと思ったこともないし、何なら同じミュージシャンだと思ったこともない。彼女を嫌っていたのは音楽性の違いなどではなく、戦略的に寝る相手を決めていたくせに、ずっと純情ぶっていたところだ。

「香織、今日は来てくれてありがとう。三年が経っちゃったけど、香織からもらった大切な曲を歌えて嬉しいです。　歌詞を書く時はずっと、香織との日々を思い出していました」

恐ろしいことに帆波は涙ぐんでいた。泣きたいのはこっちだ。

「オーディションで初めて顔を合わせた時のこと」

開口一番「地味な顔」と言われたことをまだ覚えている。

「同じ音楽番組に出演できたこと」

帆波は私とのバーターで出演できたはずだ。

「週間オリコンランキングで二人同時にランクインできたこと」

私が2位で、帆波は17位だった。17位なのに胸を張ってランクインと言える精神がわからない。

「私にできることは、香織が帰ってくる日まで、彼女の作品を歌い続けることだと思っています。それでは聞いて下さい」

一瞬、自分の頭がおかしくなったのかと本気で疑ってしまう。本当は帆波と心の許し合える親友で、彼女のために曲をいくつも準備していた。不慮の事故のせいで頓挫してしまった約束を帆波は覚えていてくれた。私が世間から忘れられないように、必死に私の曲を歌い継ごうとしてくれている。

少なくとも私が何も発言ができない以上、今日このアリーナにいる1万7000人にとって、それが本当の歴史となる。きっとインターネットでも拡散されて、仲間思いの帆波という物語が語り継がれてしまうのだろう。

業界の重鎮たちが、やたら長生きをしたがる理由がわかった気がする。生き残った人間の語る歴史だけが正史となっていくのだ。特に公的な資料が介在しようがない個人の歴史は、誰かの証言で再現を試みるしかない。もしも生き残った証言者がたった一人しかいなければ、その人の語る歴史が唯一の真実となってしまう。

死人に口はない。死者は生者の発言に訂正を求めたりはしない。だけど私はまだこうして生きているのだ。何とか間違いを正す手段はないのか。帆波がバラード曲を熱唱している。私なら絶対に選ばないコード進行だ。勝手に彼女が書き換えたのだろう。お願いだからこんな歌を語り継がないで欲しい。少しだけ動く指先を、何度も何度も上下させてみる。今の私には怒りを表現する手段がそれしかなかった。

*

ライブで帆波さんの曲を聞きながら思わず泣いてしまった。君は元気でいるのかな。

私は今でも昔の歌を口ずさんでいるよ。どんなに世界が変わっても私だけはあの日のままでいるからね。そんな歌詞を歌う帆波さんがまるで妹のように見える瞬間があった。ステージが暗かったせいで余計かも知れない。

帆波さんとの間を取り持ってくれたのは結城《ゆうき》海くんという香織の友人だ。目つきの悪い小柄な男だけれども、音楽の才能はあるようだった。私もレコーディングに立ち会わせてもらったが、鼻歌とピアノの音しか入っていなかった地味な曲は、彼の手によって見違えるようなバラードになっていた。

ただの歌手だと思っていた帆波さんも、曲の細かなアレンジに口を出していた。そうやって一緒に曲を作り上げていく海くんと帆波さんはお似合いだと思った。もしかしたら香織と海くんも昔はこんなやりとりをしていたんだろうか。誰かと一緒に作品を生み出せる人がうらやましい。

2500

２００８年８月５日で藤本香織はデビュー10周年を迎える。

その日はいつものように部屋のベッドで迎えた。同じ１９９８年にデビューしたアーティストたちは、今年のどこかで記念ライブでも開催するのだろうけど、もちろん私には不可能だ。代わりに姉が本を出版する計画が持ち上がっている。もちろん姉に一冊の本を書き上げる才能なんてないから、ノンフィクションライターを立てて、語り下ろしという形にするらしい。

その日は朝から朝倉さんというライターが我が家を訪ねて、姉や母に取材をしていた。覚えていなかったが、彼女とは昔、『ＣＤ ＨＩＴＳ！』のインタビューで対面したことがあるらしい。リビングでの取材後、朝倉さんは私の写真を撮りたいと希望したようだ。部屋の前で母と姉が相談するのが聞こえた。

「さすがに寝たきりの香織なんて本なんかに載せられないでしょ」

香織のイメージを気にする姉に対して、母は「部屋だけならいいんじゃないの」と提案する。

「さすがに、この汚い部屋はまずいでしょ。家具もカーテンも香織が子どもの頃のままなんだから」

「だって香織が気に入っていたものばかりよ。あの花柄のカーテンだって、香織はとっても喜んでくれたんだから」

途方もない勘違いをしている母に頭が痛くなる。結局、香織が写らなければ部屋を撮影してもいいと朝倉さんに伝えたらしい。ノックをして朝倉さんが部屋に入って来る。50歳を越えたくらいのショートカットの女性だが、芸能界での仕事も多いというだけあって、洗練された見た目をしていた。すらりとした体型で、細身のワンピースがよく似合っている。

彼女は部屋を一瞥して「写真は止めておきましょう」と即断してくれた。きっとこの部屋が全く私の趣味とは相容れないことに気付いてくれたのだろう。姉名義で自分について書かれるのは釈然としなかったが、彼女のことは信じてもいい気がする。

朝倉さんと入れ違いで、午後には海くんも家を訪ねてきた。きちんとデビュー日を覚えていたのだ。

30歳になった彼は、もう帽子も被っていないし、ヘッドフォンも首にかけていない。ケミストルマッシュの黒髪と、襟付きの白シャツに、黒いデニムパンツ。顔にはうっすらとほうれい線が出ていて、顔も少しふっくらとした気がする。すっかり大人になった海くんは、勉強机の椅子に座って、取り留めのない話をしている。

「香織ちゃん、知ってる？　先週のミュージックステーションで香織ちゃんの特集が組まれていたんだよ。デビュー10周年だからって。いい？　10年間生き残るってとっても大変なことなんだからね。野猿《やえん》や19《ジューク》は解散しちゃったし、ｔｏｈｋｏとか八反安《はったんあ》未果《みか》とかあんまり聞かなくなったでしょ。俺もさ、もうすっかり裏方だよ。そっちのほうが向いているからいいんだけどね。君はきちんと音楽の世界で生き残ったんだよ。生き残ったなら、次は帰ってこなくちゃいけない。今でもよく音楽仲間から香織ちゃんのことを聞かれるんだよ。あの子どうしてるのって。そしたら俺は元気でやってるよって返すんだ。ねえ香織ちゃん、みんな待ってるからね」

昔から海くんはこんな軽薄なしゃべり方をしただろうか。姉が海くんにコーヒーを持って来た。ピンクのワンピースに白いベルトをしているせいで、ボンレスハムのような見た目だ。去年ついに離婚が成立した姉は毎日この家にいるようになった。本人は夫の暴力が理由だと言い張っているが真相はわからない。

今の時間、息子の翼は小学校に行っているはずだ。ウーパールーパーから成長して、ドラフト1位指名で選ばれる野球選手のような無骨な顔になっていた。

「いつも来て頂いてありがとうございます。お仕事も忙しいのに。香織も喜んでいると思います」

海くんはコーヒーカップを手にしながら自慢げに話す。

「僕が来たくて来てるんです。香織さんと話していると本当に色んなアイディアが浮かんだんです。彼女はとても腑分けの上手い人だったから。世界をうまく切り分けて、自分が可能な範囲で処理をする名人だったんです。だから相談相手にぴったりでした。自分で言うのもなんだけど、僕たち、最高の友達だったんです」

最高の友達。そうなのか。海くんとは、事故の直後に一度キスをしたきりだ。あれ以来、彼は私の手さえ握ってこない。完全にあのキスはなかったことにされている。海くんは、姉の淹れたコーヒーを一口飲むと眉間に皺を寄せた。ライターの朝倉さんも同じ表情をしていたから、とんでもない味なのだと思う。心の中で小さく微笑む。

「そういえば結婚おめでとうございます。mixiのニュースで見ました。私、昔から二人はお似合いだと思ってたんです」

海くんは戸惑った表情をして一瞬だけ私のほうを見た。まさか今、この話題が出されるとは思わなかったのだろう。

きっと海くんは、自分が結婚したことを私に伝えるつもりはなかった。私にとっても寝耳に水だった。ＮＨＫでもそんなニュースを観た覚えがない。だけど不思議と、それほど悲しい気持ちにはならなかった。

だって私はとうに今の海くんに興味をなくしていたから。

記憶の中で出会う海くんは聡明で、清潔で、真水みたいな男の子で、いつまでも話していたいと思う。だけど目の前にいる彼は違う。私の考えをまるで理解しないで、自分勝手なことを話して帰って行くだけの30代のおじさんだ。

そりゃ恋愛もするだろうし、結婚もするだろう。だけどそれで、あの頃の海くんが損なわれるわけではない。

「本当は今日、彼女も来たがってたんですけど、レコーディングが長びいちゃって」

「今度ぜひ来て下さい。帆波さんみたいなスターを招くには恥ずかしい家だけど」

だけど今度は心臓がどきりとするのがわかった。まるで血液が瞬間冷凍されたかのようだ。一瞬、聞き間違えかとさえ思う。

帆波？　海くんの結婚に興味なんてないが、相手が帆波ならば話は別だ。よりによって、海くんはどうしてあの女を選んだのか。私の知る限り、彼らに一切の接点はなかったはずだ。二人はいつ知り合ったのだろう。私が帆波を嫌っていたことは確実に海くんも知っていたはずだ。それなのにどうして。

「帆波も香織ちゃんに会いたがってましたよ。何年か前、ライブに来てくれたこと、とっても喜んでました。俺たち、香織ちゃんが作ったあの曲のおかげで仲良くなったんですよ。だからその意味でも感謝してるんです」

海くんはそれから一切、私に視線を向けなくなった。本当は聞かせたくない話だったのだろう。努めて姉だけを見て話している。できることならば耳を塞いでしまいたい。いつもとは逆で、顔の痒みや、首の痛みがありがたく感じられた。痒みや痛みに意識を集中させれば、海くんたちの話を聞かずに済むから。何とか冷静になろうとする。目が覚めてから2500日が経つ。もうすぐで7年だ。それは人間を変えるのには十分な時間なのだろう。もうあの海くんはいないんだ。そんなことわかっていたはずなのに、心が冷え冷えとする。

皮肉なことに、その心を温めてくれようとしたのも、また海くんだった。

「嫌だっていう感情は、知らないか期待しすぎかのどっちかだと思うよ」

あの日も私は落ち込んでいた。ただ仕事に行きたくなかっただけかも知れないし、ツアーを一緒に回るバンドメンバーと気が合わなかっただけかも知れない。気落ちしていた様子を見かねたのか、散歩中に海くんが急に話し始めた。どの夜だったかは思い出せない。暗闇の中で薄く光が滲んでいる。工事現場の赤い光。裏通りの青白いネオン。眩しい車のヘッドライト。その全てが混ざったような曖昧な夜。

「瞬間的に嫌だと思ってしまったことでも、事情をよく知れば納得できるかも知れない。もしくは期待しすぎていたんじゃないかな。勝手な思い込みで勝手な仮説を立てて、何かが都合よく自分の手の内にあると思い込んでいたんでしょ。

嫌なことがあったら、解決策は二個しかないよ。一つ目は知ろうとすること。徹底的に客観的に観察して、嫌だと思うことを要素分解していけばいい。二つ目は期待を止めてしまうこと。俺からすると、香織ちゃんは他人に期待しすぎて、いつも傷つきすぎているように見える。でもさ、期待ってのは傲慢な感情だって思ったほうがいいよ。君の期待する誰かは、君のために生きているわけじゃないんだから」

本当にあの夜の海くんは、こんな厳しいことを言っていたのだろうか。音楽をミクスチャーするように、勝手に私の想像力があの頃の海くんを作っているだけではないのか。もしかしたら夢の中であの青年が言っていた言葉なのかも知れない。ホテルの中で、彼とはもう随分とたくさんのことを話してきたから。

そう考えると怖くなった。あの夜の会話が本当だったかなんて確かめるすべは何もない。記憶の中の海くんから、確からしさが失われていく。

もしも今、海くんと話すことができたなら。もちろん彼はそんな昔のことを覚えていないと言うかも知れないし、また別の物語を語り出すのかも知れない。だけどその瞬間、二人が合意できれば、もう一つのあの夜が生まれる。今の私には、無責任に日々を思い出すことしかできない。誰にも確かめる術のない一人ぼっちの記憶は、妄想と何一つ変わらない。

「妄想でもいいんじゃない？　不確かな合意が作り出す歴史はすぐに覆《くつがえ》ってしまう。だけど強烈な妄想は時に歴史を変えることもあるんだよ」

まだ海くんは姉と談笑している。帆波の負けん気なところに惹かれたとか、子どもはできていないけれど名前は決めてあるとか、そんなことを話す海くんは、もうすっかり知らない人だった。よくこんな凡人に成り下がってしまったものだと思う。

つまらない人間になるなよ。あの海くんはどこに行ったんだよ。目を背けたい。だけど眼球をできるだけ左にずらすのが精一杯だ。見慣れた窓と花柄のカーテンが見える。大嫌いなこの部屋から見える世界はちっとも変わらないのに、大好きだった人たちはどんどん遠く離れていく。

窓から漏れる光は、Ｇシャープから始まる不協和音みたいにどこか重苦しい色をしていた。天気予報では関東も梅雨が明けたと言っていたはずなのに。

＊

香織ちゃんのデビュー日には、お墓参りだと思ってこの家に来るようにしている。せめて結婚のことは黙っていようと思ったのに、あっさりとお姉さんにばらされてしまった。どうせ今の香織ちゃんには何を言ってもわからないだろうから、別にいいのだけれども。

もしもあの事故がなければ俺と香織ちゃんは結婚していただろうか。きちんとセックスをして子どもを作っていただろうか。いくら考えても答えはでないし、そんな反実仮想には意味がないと思う。

昔は彼女が植物状態になったことを認めたくなくて、お見舞いにもほとんど行けなかった。だけど時間が経つにつれて、あることに気が付いた。俺たちは話すことでつながっていたのだから、俺にとっての香織ちゃんはもうこの世界にはいないのだ。あの香織ちゃんは死んでしまったのだ。

お姉さんから、香織ちゃんがデビュー日に発表するというメッセージの代筆をお願いされた時は驚いた。初めは抵抗があったけれど、自分でも驚くほど、俺はあの頃の香織ちゃんになりきれるのだと気が付いてしまった。彼女と交わした膨大な言葉は、今でも俺の中で生きていたのだ。

最近では頼まれるがまま、香織ちゃんが残したはずの曲を一から作ったりもしている。それがあの頃の香織ちゃんに俺がしてあげられる唯一のことだと思うから。

3448

私の勉強机を使って父が図書館で借りてきた本を読んでいる。定年退職まで少なくともあと数年はあったはずだが、今月の頭には勤めていた私立高校を辞めてしまった。予備校に試験問題を漏洩《ろうえい》させたという疑いを掛けられ、大した反論もせずに辞表を提出してしまったらしい。母や姉は非難の言葉を浴びせたが、父は険しい顔をして俯くだけだった。

父は昔から言葉少なな人だった。食事こそ一緒にリビングで取っても、すぐに自室へ籠もってしまう。そこで授業の準備をしたり、趣味の西洋美術や世界史の本を読むことを楽しみにしているようだった。

まだ私が高校生の頃、辞書を借りようと父の部屋に入ったことがある。机の上には、故郷の親族に宛てただろう手紙が置きっぱなしになっていた。そこには、自分がいかに幸せかということが書かれていた。

てっきり愚痴《ぐち》と呪詛《じゅそ》に溢れた内容だと思ったものだから驚いた。悪いと思いながら文字を追ってしまう。

誰かと話すことが好きでない父にとって、今の家庭は非常に居心地がいいというのだ。妻は一方的に話すか無視をするかだけ。娘のうち長女は自分を哀れんで話しかけてくれるようだが実は居心地が悪い。それよりも、口数の少ない妹の香織に共感を抱いているという。

仮に意見を持っていても、それを表明することがいいとは限らない。大した考えも持たない人々が大声で自らの主張を捲《まく》し立《た》ててもただ秩序の崩壊が起こるだけだ。それならば黙って全てをやり過ごすのがいい。そんなことが父の手紙には書いてあった。父から見ると今の私の状態こそ憧れなのかも知れない。

父と私に少しでも似た部分があると考えただけで吐き気がする。その日も私は父に下半身を触られていた。

もっともただオムツの中で軽く性器を撫で回すだけだ。今から907日前、リーマンショックが起こった日の夜中、一度だけペニスを挿入されそうになったことがある。だけど父は最後までうまく勃起できなかった。彼はイライラした様子で10分以上にわたってペニスを起たせようとしていたが、私の股にはただ柔らかい明太子のような物体が押し付けられただけだった。

挿入に失敗してからも、父は家族やヘルパーが不在の隙を見計らって私の下半身を触りに来る。自由の利かない私は、最も安心して自らの欲望を発散できる相手なのだろう。おそらく父は風俗を利用したこともない。いくら金銭を支払い、合意の上だったとしても、感情を持った他者の身体に触れる勇気がないからだ。相手に嫌悪感を表明されたり、拒絶反応を示されるような事態に耐えられない。そもそも私の着替えさえ絶対に覗こうとしなかった人なのだ。

しかし今の私は、どんなことをしてもまるで無反応だ。感情や意識があるのかさえも怪しい。そんな物体に対してなら、思いのままに欲望をぶつけることができる。父にとって私はもはや娘ではなく、生きた人間でさえないのだろう。

実際、私もその行為に何の感情も抱かなくなっていた。ヘルパーにオムツを換えてもらったり、身体を拭いてもらうことと何の違いもない。そう割り切ることで、父との行為に何の意味も見出さないように努力していた。だけどいつもの癖で、その行為の最中は、天井の染みを数えてしまう。

41、42、43、44、45。染みの数は少しずつ増えている。今はきっと全部で81。いつか鍵盤の数も追い越してしまうのだろうか。父の指がクリトリスに届く。切ったばかりなのだろう。爪の角がちくちくする。46、47、48。

もしもあの日、父が挿入に成功していたら、妊娠はできたのだろうか。動けない母胎の中でも、胎児は動くのだろうか。何度もその想像はしてみた。

私はもう30代になっていた。とっくに子どもを出産していてもおかしくない年齢だ。それほど強い結婚願望はなかったけれど、一度くらい子宮を使ってもいいかなとは思っていた。49、50、51、52。父との子どもが産まれたら、その子は私の妹になるのだろうか。それとも父の孫になるのだろうか。架空の妹を想像してみる。自分のお腹から生まれる妹。53、54、55。

その子はもうそろそろ言葉を話す年齢になっているはずだ。彼女は私をお姉ちゃんと呼ぶ。お姉ちゃんは何で身体が動かないの。翼がお兄さんぶって「馬鹿だからだよ」とこっそり耳打ちする。56、57、58、59。きちんと父は言い返してくれるのだろうか。お母さんを馬鹿にするな、と。

65まで数えた時だった。全身が突如、跳ね上がる。

まるでトランポリンに乗せられたように、下からの力を感じた。もしかしたら急に身体が動けるようになったのかと錯覚した。

それが地震だと気付いたのは、頭上の本棚から何冊もの図鑑が落下してきたからだ。黄色い表紙の図鑑の角が、鼻の上に直撃する。まるでボクサーに殴られたような鈍い痛みが、鼻先から顔全体へと広がっていく。

小さかった揺れは次第に大きくなって、部屋中が動いているのがわかった。この部屋だけではなく、私の知っている世界が揺れているのだろう。

父は狼狽するあまり、オムツの中に手を入れたまま動けずにいる。その間にも私の頭には何冊もの本が降ってきた。高校一年生の時に使った国語の教科書。英語で読み通そうと思ってあきらめたペンギンブックスの『ムーン・パレス』。東京湾の埋立地が巨大金融都市になり、人々がアーコロジーで暮らすという未来予測が載った『2001年の日本』。将来の夢に「哲学者」と書いた小学校の卒業文集。とっくに捨てられたと思っていた『宇宙』という絵本。夏前で止めてしまった1995年の日記。

コラージュのように、とうの昔に通り過ぎて、忘れたままでいた書物が私の上に降り積もっていく。避けることのできない過去たちが、一冊、また一冊と顔や首や胸元に落下し、私の動けない身体を覆い尽くしていく。

もしかしたらこのまま死ねるのかも知れない。そうしたら、永遠にあの夢の中で過ごすことができるのだろうか。あのホテルの中で暮らし続けることができるのだろうか。一瞬、そんな幸せな妄想を抱いてしまった。過去に押しつぶされて人生を終えられるのなら、そんなに嬉しいことはない。

だけどしばらくすると、すっかりと世界の揺れは収まり、ただ饐《す》えた匂いの古書が顔や胸の上に散乱しているだけということがわかった。本がぶつかった何ヶ所かは痛んだが、これくらいで死ねるわけがない。父はようやくオムツから手を放し、床に尻餅をついているようだった。

「香織、大丈夫？」

母が叫びながら部屋に入って来た。その機敏さに驚く。父には目もくれずに私に覆い被さっている本をベッドの下に落としていく。私には大した怪我もなかったようで、すっかりと安心した顔をしている。母の優しい微笑みになぜか直感的に身がすくむ。そんなことに気付かない母は「もう安心だからね」と言って大げさに私の顔を撫で回す。その隙に父はこっそり部屋を出ようとしたらしいが、扉の前でつまずいてしまう。

「お父さんも気をつけてね」

母は転んだ父を一瞥もせずに、私を痛いほど抱きしめながらつぶやいた。

本棚のある場所に寝かせておくのは危ないと、私は車椅子に乗せられてリビングに移動させられた。

55型のテレビの中では、アナウンサーが慌ただしく、ついさっき起こった地震について伝えている。列島の各地に警報が出され、解説員が注意を呼びかけていた。画面がヘリコプターからの映像に切り替わり、大きな川で緩やかに濁流が流れているのが見える。画面はズームアウトし、番組はついに市街地の様子を映した。

その瞬間、アナウンサーは「あっ」と小さく声を漏らす。濁流だと思ったものは津波だった。黒い波がゆっくりと家々を覆い尽くすように迫り、あっけなく全てを飲み込んでしまったのだ。

「今、これ、陸上の様子ですけれども、家が津波で流されている様子がわかります」。アナウンサーの声はどこか興奮していた。「住宅や建物が津波で流されています」。突如として街中に現れた大河は、いとも簡単に社会を吸い込んでいく。家だったもの。車だったもの。生きていたもの。

「津波は通常の波と違いまして、後ろから続けて水が押し寄せてきます」。あり得ない光景を前にしても、専門家は淡々と言葉を重ねていく。

ヘルパーの大村さんには帰ってもらった。残された母と父、私の三人がリビングに集まり、無言でテレビを眺めている。姉は渋谷まで買い物に出掛けていたが、電話もメールもつながらないらしい。翼はまだ学校にいる時間だろうか。

時間が経つにつれ、東北を中心に想像を絶する惨事が起きていることがわかった。東京であれだけ揺れたのだから、震源地に近い場所はどれだけの被害になるのだろう。まるでミニチュアのように街が流されていく。

小学校の時に熱心に作っていたダイヤブロックの「みんなのまち」を思い出していた。駅舎があり、公園があり、教会があり、ファストフード店があり、テレビスタジオやアイスパーラーまであった。平井にあった玩具メーカーの即売所で、祖母が買い求めてくれたのだと思う。

私は、女の子向けのドールハウスよりも、実際の生活が感じられる「みんなのまち」のほうが好きだった。街はどんどん大きくなっていった。初めは自室で組み立てていたが、家族にも観て欲しくて途中からリビングに街ごと引っ越した。あの頃はまだ、私なりに家族とコミュニケーションの回路を探していたのだ。

ちょうど今、テレビが置かれている出窓のあたりに、あの街はあった。

だけどその街はある日、母の手によって壊されてしまう。ピアノ教室を続けるかどうかで大喧嘩をして、癇癪《かんしゃく》を起こした母がダイヤブロックで組み立てられた街をバラバラにしてしまったのだ。

あっという間だった。赤い屋根の駅舎も、白い教会も、木が生い茂っていた公園も、全てが真っ黒いゴミ袋の中に押し込められていった。さすがに一つ一つのブロックまで割られはしなかったけれど、ゴミ袋の中の混濁した塊を前に、もう一度新しい街を作ろうという気力は湧かなかった。

まるであの時のように、あっけなく街は消えていく。子どもの玩具を壊すように、瞬く間に街は濁流に呑み込まれていく。それが今、この瞬間に、この場所と地続きの世界で起きている出来事だということが信じられなかった。

あの街の住民になりたい。唐突にそう願った。そうしたら、何もかもを終わりにできるのに。この場所から抜け出せるのに。

だってもう全てが嫌だったから。

この数年は、デビュー日が来るたびに勝手に藤本香織名義でコメントが発表されていたし、姉が出した本には私のあとがきが捏造されていたし、ジャズミックスとかヒップホップミックスとか訳のわからないリミックスアルバムが何枚も発売されてしまったし、何なら作った覚えのない曲も私名義で発表されていたし、今も頭は痒いし、首は痛いし、おまけに鼻水は出たままだし、子どもは生めないのにきちんと生理痛は来るし、睫《まつげ》が右目に入ってちくちくするし、テレビはＮＨＫばかりだし、のど自慢とかいい加減もう観たくないし、肺から粘膜をとられた時はとんでもなく苦しかったし、一日に何回もある痰吸引は本当に痛いし、外出できるのは年に一度あるかないかだし、翼は意味もなく私の身体を叩きに来るし、姉は私が築き上げたものを無断使用することに全く躊躇《ためら》いがないし、その全てを母は見て見ぬふりをしているし、世間の評価は勝手気ままだし、背中の汗疹《あせも》が痛いし、実の父にはレイプされそうになるし、ちっとも身体は動くようにならないし、今年で事故から10年だし、もちろん歌なんて歌えないし、それでも頭の中で曲は浮かんでくるし、もうね、ただ寿命が尽きることを夢見て生きるのは終わりにしたい。

何でテレビの向こうであの人たちはまるで物のように死んでいくのに、私は死ぬことができないのだろう。できることならば誰かの代わりになりたかった。子どもの頃から使えずにいた、一生に一度の願いを今日、叶えてしまいたい。

志半ばで流されてしまった誰か。大切な誰かを残して流されてしまった誰か。何の咎《とが》もないのに今日で人生が終わってしまった誰か。その誰かの代わりになりたい。勝手なものだと思う。ハイチやニュージーランドで起こった地震ではそんなことを考えもしなかったのに。

「あら香織、泣いているの?」

どうやら私は涙を流しているらしい。

自分でも不思議だった。そんなにもあの街の人々が羨《うらや》ましいのだろうか。まるで映画のように死んでいく人々に憧れているのだろうか。

きっと、そうだ。

だって今の私には首をつることはもちろん、舌をかみ切ることさえもできない。せめて息を止めようと思っても、結局どこかでは息を吸い込んでしまう。自分ではどうすることもできない理由で、人生を終えることができたのなら。

「怖くて泣いているのね」

勘違いをした母はテレビを消してしまう。違うの、お母さん。何も怖いわけじゃないんだよ。羨ましくて仕方がないの。あの日のあなたがしてくれたように、大切な全てを一瞬で終わりにして欲しいの。

母は車椅子越しに私を抱きしめる。やっぱりこの人はちっとも私のことをわかっていない。テレビは切られたはずなのに、頭の中ではずっと、散々聞かされたアナウンサーの声が響いていた。「海岸から1・5㎞ほどの地点をヘリコプターが飛んでいます」。「黒い波が今、住宅や畑を飲み込んでいきます」。

＊

リビングで車椅子に座らされた香織がぼんやりと黒い画面のテレビを眺めている。

私はあの日から、娘との営みを止めることができなかった。しかし誤解されたくないのは、決して香織を性的なはけ口にしているわけではないということだ。無理に言葉を当てはめるなら、私たちの関係は家族愛に近いと考えている。

香織と私は家族の中で最もわかり合えている二人だった。小遣いを渡したり、遠くから見守ることだけが親ではない。もっと直接触れあって、身体を一体化させる愛情があってもいいのではないか。恋人という赤の他人に許されることが父娘の間では禁止されているのがおかしい。しかも香織はもう話すことができないのだ。

私たちが言葉なしでわかり合う方法は、これしかない。実際、私が触れている時、いつも香織は恍惚《こうこつ》とした表情を浮かべていた。

しかし今日は違った。部屋が揺れ始めた瞬間、彼女は苦悶の表情を私に向けた気がしたのだ。もちろん気のせいに決まっているのだが、今にも呪詛をつぶやきそうな顔で私を睨んだ。

香織の上にたくさんの本が落ちてくるのを眺めながら、私はひどく狼狽していた。もしかしたら私がしてきたことは正しい営みなどではなく、ただ娘を蹂躙《じゅうりん》していただけだったのではないか。実の父親にそんなことをされるくらいなら、香織はあのまま事故で死んでいればよかったのではないか。

何となく気まずくなって二階の自室へと戻る。

階段を上りながら、さっきまでの自分がおかしなことを考えていたのに気付く。娘の死なんて冗談でも考えるべきではない。

私の部屋でも、たくさん辞書や図鑑が本棚から飛び出していた。他に被害はないか確認していくと、壁に掛けてあった額縁が落ちて香織のＣＤが一枚だけ割れていた。額縁の中には香織の大学の合格証書が入っている。浪人が許されたのなら私自身が通いたかった大学だ。

地震が落ち着いたら、再び額装をして娘の部屋に飾っておこうと思った。

6517

今年も律儀に海くんは8月5日に家まで来るという。もう来なくていいよと伝える手段もないので、甘んじて彼の来訪を受け入れるしかない。彼の子どもは小学生になったはずだ。頼んでもいないのに毎年のように写真を見せてくれる。帆波に似たつり目が特徴の大人っぽい顔つきの女の子だった。

私以外の全ては変わっていく。

ＳＭＡＰは解散して、奈美恵ちゃんは引退した。林檎ちゃんは来年のオリンピックに関わるらしい。東京中で再開発も進んでいるという。マークシティやセルリアンができただけで大騒ぎしていた渋谷には、いくつもの超高層ビルが建ち並んでいるらしい。この世界は、少しずつ私の知らない場所になりつつある。

身体の回復は遅々たる速度でしか進まなかった。右手の人差し指と中指なら第二関節から先は動くようになっていたし、泥水みたいな流動食なら自力で嚥下もできる。

だけど相変わらず、意味のある声を発することができない。辛うじて感情くらいは伝えられるけれど、どんなに頑張っても呻き声や喚《わめ》き声のようになってしまう。

もちろん歌うことなんて叶うはずもない。頭の中で浮かんだ曲はどれくらいになっただろう。昔はメモがないと、ほんの一小節のメロディーさえもすぐに忘れてしまったのに、不思議とこの身体になってからは記憶が長持ちする。

曲は決まって、断続的に見るあの夢と共に思い浮かんだ。地球の上空に浮かぶ宇宙ホテルでの長期滞在。ピアノの置かれた小さなコンサートホール。太陽系外への旅の構想。夢の中では、何度も小柄な青年と会い、たくさんの言葉を交わした。

彼からは、2がアヒルだと思っていた数え歌は、本当はガチョウだと教えられた。実際の歌には10の煙突と満月までしかなかったはずだけど、青年は勝手に歌を付け足していく。48はヨットを漕ぐ雪だるま。62はとぐろを巻いた蛇を操る魔法使い。そして81は王宮と記念碑。彼が数字を勝手に何かに見立てるのを私は隣で眺める。

夢の中はいつも心地よかった。目を瞑ると勝手にいくつものシーンが頭に浮かんでくる。いっそもう現実のことを全て忘れて、遠い宇宙を旅する夢に閉じこもりたくなる。でもそれができないのはどうしてだろう。この世界への愛着？　未練？　それとも怒り？　何が私を現実に引き留めているのだろう。

「香織ちゃん、ゴディバのチョコレート買ってきたよ。ミキサーにかければ食べられるのかな。お母さんに渡してあるよ」

海くんが、もうすっかり慣れた調子で部屋に入って来る。彼はまた少し太った。あごのラインが随分と緩くなったし、いくら髭を生やしてもほうれい線は隠しようがない。後退したおでこは前髪で上手く誤魔化したつもりなのだろうか。どうせならもっと刈り込んで髪全体を立たせてしまえばいいのに。そして無地の黒いTシャツにデニムという可も不可もない服。もうファッションになんて興味がないのだろう。よく森林公園とかホームセンターにいる冴えないお父さんそのものになってしまった。

望んでスポットライトを浴びていた人間は、世間からの注目を喪失すると瞬く間に老け込んでしまう。

人気とは恐ろしい。どんなに冴えない人間でも、その瞬間は時代をまとい、輝き、個性的に見える。だけどその魔法は期間限定だ。何者かでいられる時間はそれほど長くない。海くんの場合、表舞台での活躍を止めてからもう10年以上が経つ。彼がただの中年になってしまったのは何も不思議ではない。

「実はさ、今日は友達を連れてきたんだよ。香織ちゃんのファンなんだって」

こんなことは初めてだった。きっと昔の海くんだったら私を第三者に会わせるなんてことはしなかっただろう。特にファンを名乗る人なら尚更だ。歌どころか喋ることもできない全身不随の私を見れば、衝撃を受けるに決まっている。

みっともない部屋で寝たきりの姿なんて絶対にファンに晒すべきじゃない。しかも今日なんて安いウサギ柄のTシャツを着せられているのだ。なんでそんな当然のことさえ理解できないほど海くんは頭が悪くなってしまったのだろう。

だけどそれも帆波のせいだと思えば合点がいく。優秀な男の裏には優秀な女がいることが多いように、冴えない男には冴えない女がセットでいる。きっと彼らは馬鹿の見本市のような家族を作ったのだ。

「光希《こうき》くん、もじもじしてないで入って来なよ。今、紹介してあげるから」

海くんに呼ばれて、猫背で長身の男の子が枕元に立つ。

マッシュルームのような髪型に丸眼鏡をしていた。40代の海くんと並んでいるせいか、だいぶ若く見える。年齢とは本当に相対的なものだと思う。顔の作りはそれほど良くないが、手足が長いおかげでバランスがいい。服はギャルソンに見えるけれど、ブランド自体まだあるのだろうか。

「満島《みつしま》光希くん、映画会社で働いてるの。まだ28歳で下っ端なんだけど、香織ちゃんのことが好きで、いつか映像にしてみたいと思ってたんだって。ちょっと前に劇伴で組んだんだけど、仕事しやすい子だったよ。ほら光希くん、ずっと会いたがってた香織ちゃんだよ」

光希くんという男の子は明らかに狼狽していた。まさか私の状態がここまで悪いとは思っていなかったのだろう。困った顔をして海くんのほうを一瞥する。無言だったが彼の言いたいことはわかった。香織さん、意識はあるんですか。頭は普通なんですか。物事を理解できているんですか。

だけど海くんはただ微笑むだけだ。意を決したのか光希くんは話し始める。

「はじめまして、満島光希です。映画会社で働いています。元々は姉貴が香織さんのファンなんで、子どもの頃に何曲か聞いた覚えはあるんですが、Ｓｐｏｔｉｆｙのプレイリストでたまたま耳にしてすっかり虜《とりこ》になりました。これだって思ったんです。最近、大ヒット曲を元に映画を作るのが流行ってるんですけど、僕は香織さんの半生をそのまま映像にできないかって考えています。お姉さんの書いた本やインタビューも読みました。絶対に映画にできると思うんです。軽くですが市川さんに話したら、すごく乗り気でした」

とても早口の子だった。市川さんが誰かは知らないが、私を障害者扱いしてゆっくり話す人よりはずっとありがたかった。

「ところで結城さん、香織さんとはどうコミュニケーションを取ってるんですか」

海くんは首を横に振りながら応える。

「香織ちゃん、喋れないんだよ。見てわかるでしょ。だから必要なことはお姉さんに決めてもらってるんだよ。後できちんと紹介するね」

光希くんはきょとんとした顔をする。

「でも香織さん、指先が動いてるじゃないですか。あと眼球も。スマホは無理でも、ＡＬＳの患者さん用のキーボードとかありますよね。少なくとも目線が動かせるなら、意思疎通ができるんじゃないですか」

今度は海くんがきょとんとした顔をしている。私も光希くんの話がすぐには理解できなかった。

「ＡＬＳのマンガを映画にした時に何人かの患者さんに取材しました。全身不随で目線だけしか動かなくなってしまった人も、きちんと介助者の方を通じて受け答えをしてくれました。瞬きだけで本を書いた人もいますよね。あと僕の知り合いに凄腕の鍼《はり》の先生がいるんです。今度連れて来てもいいかご家族に聞いてもらえますか。何十人もの難病を治してる上海出身の方です。僕の親戚がお世話になっているんで連絡取ってみますよ」

海くんがぎこちなく笑いながら「よかったね、香織ちゃん。こんなに君のことを心配してくれている人がいるよ」と言う。

姉がいつものまずいコーヒーを持って部屋に来た。光希くんはもう一度同じようにALS患者用の意思伝達装置と鍼灸《しんきゅう》師の話をする。しかし姉の反応はいまいちだった。

「香織のことを考えてくれるのは嬉しいんだけど、実はもうできることは一通り試してるのよ。視線で入力できるっていうキーボードとか、生体信号で『はい』とか『いいえ』を判定する機械を買ったことがあるんだけど、全然だめだった」

確かに姉の言う通り、10年近く前に視線入力ができるキーボードの提供を受けたことがある。百万円以上の高価な装置だったはずだ。

姉の同級生が使用方法を知っていると言って二週間に一回だけ、講習のために訪ねて来た。しかし実際には彼は機械に精通しているわけではなく、私が使用方法をマスターする前に姿を見せなくなってしまった。恐らく姉は会って金を渡す口実が欲しくて彼を家に呼んでいただけなのだろう。

「気功とか整体とかも色々やったの。こういう業界にいると、あの人がいいとか色々勧められるでしょ。でも香織はこの様子。もう事故から20年近くになるの。今はこうやって香織が息をしたり、ご飯を食べたりしてくれるだけで十分。それだけで幸せって思うようにしているのよ」

だけど光希くんは食い下がる。ＩＴ技術は進歩しているし、今度こそ香織さんの身体に変化があるかも知れない。一度でいいから試してみてくれないかというのだ。

「最近、サブスクのおかげで香織さんのファンがまた増えているんです。たとえばたった数行の詩だとしても発表してくれたら歓喜するファンはたくさんいるはずです。どこかの雑誌と組んで連載をして、映画と一緒に書籍化というのはどうでしょう。もしくは昔の曲に歌詞だけ新しくつけてもらってボーカロイドに歌わせるとか。スマホやタブレットでも時間を掛ければ作曲もできるのかも。ファンが一番待っているのは新作なんです」

姉がいくらか心を動かされているのがわかった。いくら今でも藤本香織の曲が聴かれているとはいえ、印税収入は年間一千万円にも満たないだろう。ＣＤバブルだった20年前とは比較にもならないはずだ。未だに姉の希望でベスト盤や未発表曲集を乱発しているが、売上は落ち続けている。当たり前だ。ファンたちは必ず大人たちの鼻息の荒さに気付く。大衆を軽んじた作品が成功するわけがない。

父が仕事を辞めてから、我が家の生計は私の印税頼みのはずだ。翼も偏差値の低い私立大学に入ってしまったから学費も馬鹿にならないだろう。元夫が姉に養育費を払っているという話も聞かない。

本来ならば、一家が暮らしていくには十分な収入はある。私の介護費用も保険でやりくりできているはずだ。しかし一度覚えてしまった浪費癖を変えるのは難しい。姉は昨日も「増税前だから2％の節約になった」とまぬけなことを言って、バレンシアガのショッピングバッグを買っていた。

結局、熱意にほだされる形で、姉は光希くんの意見を飲んだ。もちろん映画化が決まったり、私が新しい文章を書けた際の印税の話も忘れない。書籍に関しては光希くんもあまり詳しくないというので、折を見て出版社の人間も連れて来るという。

いつものように母はその話を黙って聞いていた。彼女は相変わらず、契約や金銭に関することは全て姉に任せっきりにしている。

もう少し喜んでくれてもいいのにと思った。もしかしたら私がまた話せたり、作品を残せたりするようになるかも知れないのだ。

だけど私自身、あまり光希くんに期待しすぎないようにした。いつか海くんが言っていたように期待とは傲慢な感情だ。20年近くどうしようもなかったことが、一人の若者の力でどうにかなるとは思えない。姉の言うとおり、怪しい気功師やら整体師やら何人もの人が私を触りに来ては、少なくない金額を要求してきた。今度もまた同じことが繰り返されるだけなのではないか。

クローズアップ現代でやっていたが、国内映画産業の市場規模は約2200億円だという。ヨーグルトや納豆の市場規模よりも小さい。何十兆円もの産業である自動車産業や建設業に比べれば、経済的にはほとんど影響力がない。そんな業界に本当に優秀な若者が入ってくるのだろうか。彼も口だけで喜ばせるようなことを言って、実際には何もしないタイプの人間かも知れない。

だけど光希くんは一週間も経たないうちに、きちんと来訪者を連れてきた。光希くんの大学時代の友人で、今は福祉NPOで働く大畑さんという女性は、ノートパソコンとスティック型の視線入力装置を持ってきてくれた。昔と違って、現在では安価なアイトラッカーは2万円もせずに買えるようになったのだという。

仰々しい機械を想像していたものだから驚く。大畑さんは手際よく準備をして、ベッドの上にパソコンと装置を設置してくれた。このままあっさりと言葉を伝えられるようになったらどうしよう。あまりの急展開に私は気持ちが整理できずにいた。何せ20年近く誰とも意思疎通ができなかったのだ。

何度も何度も考えた。もし言葉を伝えられたら何を言おうか。「助けて」。事故に遭ってからしばらくはそればかり思っていた。「殺して」。震災が起きてから、つい何年か前まではそれしか考えられなかった。だけど今はそう思わない。ここで死んでしまったら、この地獄のような6521日が無駄になってしまうから。「殺す」。一時期は姉が憎くて仕方がなかった。勝手に私を代弁し、勝手な私を作っていく。私にとってはもうそれを守るしかない過去が、姉によって壊されてきた。

でも、身勝手な姉のおかげでたくさんのことを考えられた。正気を保つことができた。そしてたくさんの曲が生まれた。「聞いて」。今の私には聞いて欲しいことがたくさんある。もう何百曲も歌がある。映像も浮かんでいる。それを伝えてからではないと、もう死ぬにも死ねない。

大畑さんの指示通りに設定を終え、大きなキーボードが映し出されているパソコンのモニターを見た。母や姉も部屋にやって来て、私たちの様子を見守っている。

しかし思ったよりもずっと視線を定めるという作業は難しかった。きちんと上下左右に眼球は動くのだが、思い通りの位置に視線を向けていられない。あからさまに光希くんはがっかりした顔をしている。そのはずだろう。きっと私が正常な意識を持っていないように見えるのだ。

「前もそうだったんです。視線が定まらないの。多分、目は開いているけれど、ずっと夢でも見ているんじゃないかしら」

申し訳なさそうに姉が説明する。思わず呻き声を上げてしまう。その重低音に光希くんたちが驚く。

「香織さん、怒ってるんですか」

「慣れないことをさせられて疲れたんじゃないかしら」

光希くんの疑問に勝手に母が応える。そうじゃないの。怒ってなんかいないよ。悔しくて仕方がないんだよ。ちゃんと明晰な意識があることが伝えられなくて。

６５２１日、欠かすことなく継続してきた意識が私にはある。天井の染みを数え続け、勝手な星座までを考えてしまうくらいの膨大な時間、きちんと保ってきた私自身が、ここにいる。お願いだから気付いて。

だめだ。期待してはいけないとわかっているのに、どうしても胸がざわつく。もしかしたらこの一生で最後のチャンスかも知れないのだ。本当に誰も気付かないの？事故直後に抱いていたような焦燥感を思い出す。

大畑さんはパソコンや装置の設定を何度も変えてくれるが、私の視線はぐるぐると画面の上を行ったり来たりするばかりだ。

だけど大畑さんはちっとも落胆していなかった。

「最初は慣れが必要なんです。健康な人でもすぐに使いこなせる人は中々いません。

とにかく使ってみることが大事です。まずはゲームで慣れる人も多いんですよ。一式お貸しするので、しばらく練習してみませんか」

光希くんと大畑さんは一時間くらい苦戦した後で帰っていった。私はほんの少しコツをつかみかけていたが、やはり狙ったキーボードを打つのは難しい。だけど大畑さんの言う通り、毎日練習をしたらどうだろう。ゆっくりなら言葉を伝えることができるのではないか。

たった一言でも気持ちを伝えられたら、私の人生はがらっと変わるはずだ。この時代遅れの花柄のカーテンも、毛玉ばかりがついたチェックのシーツも、よれよれのTシャツも、今すぐ新しいものに買い換えて欲しい。

しかし光希くんたちが帰った後、母が「香織には邪魔なだけよね」と言って、ノートパソコンとアイトラッカーを片付けてしまう。なぜ母がと思ったが、きっと姉の差し金だろう。彼女は何があっても私に意思表示をして欲しくないのだ。

姉は、私の代理人として一定の成功を収めてきた。マスコミや音楽業界の人間と関係を結び、姉の一存で私の音楽が使用できるかどうかが決まる。しかも本を出版したり、私のアルバムのデザインに口を出したり、自らもクリエイターとして自信を持ってしまった。仕事も10年以上前に辞めている。そんな姉にとって、私が自らの意思で話し始めるというのは大きな脅威なのだ。

一度は印税に目がくらんだが、きっと映画化だけで十分なお金が入ってくると考えたのだろう。もしくは今回も誰かが安っぽい文章を代筆するのか。

信じられない。実の妹が意思表示ができるかどうかという瀬戸際だというのに、その機会を奪うというのか。今までの18年間でもう十分じゃないのか。

本当だったら私が手にするはずのお金も、最新のブランドものも、著作者としての名声も、あなたは全て奪っていった。もうそろそろ私が私を取り戻してもいいじゃない。良心が多少でも残っているなら、今度こそ私に言葉を伝えさせてよ。もうあなたを殺したいなんて思っていないから。怒りが正気を保たせてくれたことを感謝してもいいくらいだよ。だから、もういいでしょ。

もちろん心の中の呪詛は姉には届かない。ヘルパーの清水くんは、一度母にノートパソコンで練習をするか聞いてくれたのだが、彼女はけんもほろろに断る。

そもそも姉や母の性格からして、私を在宅で介護してきたのが不思議だったのだ。回復の見込みがないとわかっているなら、群馬の静養病院か、保険と年金で賄える施設にでも私を送り込めばよかった。ヘルパーの助けを借りているとはいえ、在宅である限り家族にはどうしても負担がかかる。

それでも在宅にこだわってきたのは、私が治ったら困るからだ。もう姉には何も任せたくない。そう私が一言伝えるだけで、姉は現在の地位を剝奪される。万が一、病院や施設に有能で良心的な医師や看護師が一人でもいたら大変なことになる。それがわかっていたから、姉は無理にでも私を家に閉じ込めてきたのだ。

だけどお姉ちゃん、もう十分楽しんだんでしょう。いい加減、私をここから出してくれないかな。

せめて母に介入して欲しかった。事故に遭ってから、母は性格が変わったように私の身体を心配してくれる。自分のいいなりにならない娘に困惑していたあの頃の母とはまるで違う。痰吸引が苦しくて仕方がない時、いつも介護士の隣で笑っている太った母の微笑みに心底救われることさえあるのだ。

しかし今や家庭内では姉の発言権が最も強い。私の印税で成り立っている我が家が、いかに収入を増やせるかは姉の才覚に掛かっている。実際、姉や母の着ている服やバッグ、醜いながらも定期的にメンテナンスされる整形を見ても、それなりの収入と資産はあるのだろう。

母はクイーンダムの女王としての地位を失い、新しい女王である姉の顔色を窺《うかが》うことが増えた。いくら母が私の回復を願おうと、それを口に出せない状況にあるのだ。

悔しい。本当に悔しい。

＊

私は三井住友銀行のアプリを眺めながら溜息をついていた。無尽蔵にあると思っていた妹の預金残高の尽きる日が見えてきたからだ。

たまたまつけたテレビでは、芸能人の豪邸が紹介されていた。この家も香織が倒れてすぐ建て替えてしまえばよかった。口座には一時期、香織の貯金が合わせて一億円以上はあったはずだ。あのお金は一体、どこへ消えてしまったのだろう。

何か起死回生の策はないのかと悩んでいたから、映画化の話は願ってもない助けだった。しかも映画会社の青年は香織に文章まで書かせようとしている。香織にはまともな意識なんてないものだと思っていたが、本当に回復するなら話は別だ。18年ぶりの完全新作となれば間違いなくビジネスになる。

もし香織が元気になった場合、著作物を自由にできなくなるのは困るが、さすがにすぐ全快とはいかないだろう。それに今までの感謝もあるだろうから、私にもきちんとお金を入れてくれるはずだ。健康な歌手でさえ消えていく世界で香織はよく頑張ってきた。香織が元気になった暁には、名プロデューサーとしての私の手腕に注目が集まるのかも知れない。

急に未来が明るくなってきた。グッチのウェブサイトでカートに入れたままになっていたパーカーの購入ボタンを押してしまう。

6538

翌週も光希くんは私のもとを訪れてくれた。今日は鍼灸師の蔣《ジャン》先生が一緒だった。小さな身体で、優しそうな顔をしていたが眼光は鋭かった。若く見えるが年齢は60歳を越えているのだという。蔣先生は私の目を覗き込みながら脈を測った。目眩を覚える。これほど真剣に誰かに見つめられたのはいつ以来だろう。

「きちんと意識はあります。絶対に今よりはよくなります」

蔣先生はそう断言すると、バッグから鍼を取り出して準備を始めた。昔、ライブ中に首が動かなくなった時に鍼治療を受けたことがあった。注射よりも遥かに細い鍼で痛みはまるでなかった。

だけど蔣先生の鍼は驚くほど痛い。長くて太い鍼が、全身に刺されていく。今でも採血でさえ痛くて嫌いだけど、この鍼ならいくらでも我慢しようと思った。だって少なくともこの先生は私に意識があることを理解してくれている。

「普通はこんな風に身体が動かなかったら、数ヶ月で意識をなくしていてもおかしくない。みんなあきらめちゃうの。あなたは余程強い意志があったのね。絶対にあきらめちゃだめよ」

蔣先生が真面目な顔をして私を見つめる。泣きたいのに涙が出ない。家族に対する怒りが私をここまで連れてきてくれた。この人には全部わかってるんだ。

「わ、すごい、矢印みたいな鍼。蔣先生、こんな血が出ちゃってもいいの」

「あなたは黙ってなさい」

光希くんはどこか楽しそうだ。蔣先生は高校の同級生のお母さんで、知り合ってからもう10年ほどになるという。

鍼治療を受けている間、光希くんは書類を手に、映画の企画の話をしてくれた。鍼を刺すため服をめくられ、下着も露わになっているはずだが、もうとっくに私から羞恥心なんて消えている。だけど光希くんは私を気にしてか、ずっと壁に掛けられたホワイトボードを見ながら話しているようだった。

「香織さん、今、チームを作って取材を続けてるんです。野田先生って覚えてますか。香織さんが初めに運ばれた病院でまだ研修医だった先生です。今の香織さんの状態を伝えたら、しばらく黙ってしまいました。香織さんのことを今でもよく思い出すそうです。『ごめんなさい』と伝えてくれと言われたんです。僕にはどういう意味かはわからないんですけど、香織さんのファンだったんですよね。今でも曲を聞き続けていると言っていました」

野田くん。懐かしい名前を出されて、心がささくれ立つ。ジャガイモのような輪郭に、天然パーマだった若者。今では40代半ばのはずだ。「ごめんなさい」は果たしてどんな意味なのだろう。

私はあの医師に救われたのだろうか。それとも骸骨顔の主治医の言った通り、静養病院に送られていればよかったのだろうか。

もしそうだったら、とっくに心を失くしていたのかもと思う。意識のない人々に囲まれ、自身も物のように扱われ、外界と遮断された世界にいれば、とっくに全てをあきらめられたのではないか。ずっと夢の世界に住むことができていたのではないか。

夢の中の私は、地球周回軌道に浮かぶ宇宙ホテルから、さらに外宇宙へ行くべきかをずっと悩んでいる。その世界には、苦しみも哀しみも怒りもないのだろうけど、きっと音楽さえもない。

　あの青年も迷っているという。窮屈な地上に戻るつもりはないけれど、遠くの静かな世界に向かう勇気は持てない。そんなことを私たちはたくさんのレコード盤が散乱したホテルの部屋で話していた。部屋の中央に季節外れのクリスマスツリーの飾られた彼の部屋。窓がない代わりに極北の街の映像が白い壁に投影されていた。

　お灸の香りが部屋を包んでいく。白い煙が天井の染みを隠す。もちろんすぐに身体は動かなかったが、あらゆる部位を縛り付けていたのに、ずっと解けなかった糸が何本か緩んだ気がする。今度こそ期待してもいいのだろうか。光希くんの横顔を見る。ふいに海くんにキスをされた時のことを思い出した。

　翌週の月曜日も光希くんと蔣先生は来てくれた。今日の光希くんは鹿がプリントされたカジュアルなパーカーを着ている。蔣先生が脈を測りながら聞いてきた。

「あなた、私が渡した漢方きちんと飲んだ？」

　初耳だった。この一週間、漢方薬を飲んだ記憶はない。もう何年も飲んでいるいつもの薬が与えられただけだ。蔣先生からもらった薬は、もしかしたら姉が怪しんで隠してしまったのかも知れない。

「まあいいでしょう。今日も新しい薬を持ってきたからきちんと飲んでね」

そう言って蔣先生は小さな瓶を見せた。ラベルには何も書かれていない透明な容器だ。蔣先生の友人が調合したのだという。これでは怪しがられても仕方がない。だけど多少危険でもいいから、先生がくれた漢方なら試してみたい。今日は大畑さんは来ないのだろうか。とにかく「はい」か「いいえ」だけでも伝えられるようになりたいのに。

鍼の激痛に耐えながら、もしかしたらこの日々が終わるのではないかと、再びかすかな期待が生まれていた。いつかの海くんは過剰な期待を諌《いさ》めていたけれど、考えてみればそれは満足の国にいる人の発想だ。満ち足りている人が、さらに何かを欲しがり、それが叶わない場合は傷つき損ということになるだろう。

だけど、どうせ今の私には何もないのだ。何もないどころか、多くのものを喪失し続けながら何とか毎日を続けている。時間が失われ、友人は去り、残ったのはほんのわずかな思い出と、貧乏くさい生活だけだ。

そんな人間も、たまには期待していいんじゃないか。そんな人間だから、たまには期待くらいしてもいいんじゃないか。何度も願った奇跡は叶わなかった。だからせめて目の前に現れたささやかな希望にしがみついてみたい。ついに悪夢が終わるんだと信じてみたい。もう助けてくれるなら誰でもいい。それで誰かが不幸になってもいい。どんな神様でも、どんな悪魔でもいいから、とにかく私を助けて欲しい。そのためには私ができることなら何だってしてみせる。

一時間ほどの施術を終え、蔣先生と光希くんは帰っていった。また来週も同じ時間に来るという。彼らが去った後、母が部屋に入ってきて、ベッド際の窓を開ける。お灸は風に乗って江戸川区の大気と紛れていった。

母と目が合う。醜く太ってしまったけれど、それでも私とよく似た目鼻立ち。何だかそんな母が急に愛しくなって、私は小さく微笑んだ。

その時、母は明らかに狼狽《ろうばい》していた。そして私自身、戸惑っていた。今、確かに口元を動かせたという実感があったからだ。事故以来、こんなことは初めてのはずだ。これまではせいぜい指先が動くだけだった。何てことだろう。あの蔣先生は本物かも知れない。これまでの口先だけの詐欺師とは違う。

母は私の髪を撫でた。その手は震えているようだった。無理もない。20年近く寝たきりで何の意思表示もできなかった娘が治るかも知れないのだ。思えば家を出るまでの時間と、この家に戻ってきてからの時間は、ほとんど同じになってしまった。今でも母とは気が合うとは思えないが、事故に遭ってからの日々のことは少なからず感謝している。彼女は献身的に私を介護してくれた。

母は戸惑うような顔で私を見つめてつぶやく。

「香織、やっぱりあなた、きちんとわかってるのね」

その問いかけに応えるように私はもう一度、母に向かって微笑んで見せた。今度はさっきよりもきちんとした笑顔を作ることができた気がする。もしも身体が動くようになったら私から彼女を抱きしめてあげたい。

約束通り、翌週も蔣先生と光希くんが来てくれた。光希くんは黒いスーツに銀色のネクタイを締めている。友人の結婚式があって、その帰りなのだという。何とか時間をやりくりしながら自分の元に通ってくれる人がいるのは嬉しかった。人間としての価値を認められたような気がしたからだ。

蔣先生は私の顔を見るなり「あなた、また薬飲んでないでしょ」と叱責する。

「おかしいな。先週、お母さんとお姉さんには念を押しておいたのに。その時にはきちんと飲ませますって言ってたんですよ」

光希くんは不思議そうな顔をする。確かに漢方薬はまだ一度も飲ませてもらっていない。やはり姉が蔣先生を警戒しているのだろう。絶対に私が元気になっては困るのだ。だけど薬なしでも、私は身体の変化を感じていた。

「蔣先生、すごいですね。香織さん、指先がこんなに動いてますよ。顔もきちんと先生の鍼を痛がってるし」

「当たり前じゃない。私を誰だと思ってるの」

「これだけ指が動けばスマホ使えるのも時間の問題じゃないですか。ちょっと後で試してみましょうよ」

みんなが使っているあの板を触れるのだろうか。あの板が一枚あれば、世界中とつながることはもちろん、文章を書いたり、作曲や編曲までできるらしい。

今日も鍼はとんでもない痛さだったけれど、自然と未来のことばかりを考えていた。まずは何という言葉を誰に伝えよう。どの曲から形にしていこう。その前に、この不快極まりない古臭い部屋の模様替えを頼まないと。それくらいなら光希くんが引き受けてくれるだろうか。

私が施術を受けている部屋に母が入ってきた。今日も窓を開けに来てくれたらしい。赤丸の中で青い猫が泣き叫んだTシャツを着ている。オーバーサイズで着るものだろうにウェストが服のサイズに完璧に一致している。おでこの横皺が薄くなっているのは、またボトックスを打ちに行ったからだろう。肌は油を塗りたくったように艶々《つやつや》と光っている。ヒアルロン酸も注入したのか。

「ねえ先生、私も腰が痛いんですけど、後で見てもらえるかしら」

一瞬、驚いた顔をした蔣先生が光希くんと顔を見合わせる。だけど先生は母を無視して施術を続けるので、仕方なくといった感じで光希くんが言葉をつないだ。

「お母さん、そんなに身体が悪いんですか」

「もう20年近く香織の世話をしてるのよ。身体中ぎしぎしよ」

母は腕を振り回してみせる。ぎしぎしというか、ただ単にぷよぷよした二の腕がTシャツの袖から覗く。還暦を迎えた母にも相応の不具合はあるのだろうが、大きな病気を患っているわけではないし、整形外科に通っているという話も聞かない。

「蔣先生は難病の方が専門で、ちょっと香織さん以外を診られるかどうかは」

婉曲に母の申し出を断ろうとする光希くんを蔣先生が制する。

「いいですよ。後で診てあげるので待ってて下さい」

「痩せる鍼とかもあるんですか？　あと3kgくらい体重落としたくて」と言って母は部屋を出て行く。あなたが痩せるべきは3kgではなく30kgだろうと心の中で毒づく。

「あの人、ちょっと頭がおかしいですね」

母が部屋を後にしてから、蔣先生は人差し指を頭の上でくるくるさせる。光希くんが眉間に皺を寄せて、申し訳なさそうな顔をする。

「ごめんなさい。まるで蔣先生を街の鍼灸師と同じだと勘違いしてるみたい。本当にいいんですか」

私の代わりに光希くんが謝ってくれた。母に限らず一般人とは傍若無人で自分勝手なものなのだ。姉の結婚式で参列者たちに何枚も隠し撮りされたことを思い出す。

今度は姉が部屋にやってきた。彼女も蔣先生に鍼をお願いしたいらしい。ほうれい線が気になるから、美容鍼を打って欲しいのだという。先生はあからさまに嫌な顔をして「いいですよ」と応える。

「仕方ないでしょう。実際、香織さんがよくなるには家族の協力が必要です。でも、もう少しよくなったら家を出てもいいんじゃない？　この家はちょっとおかしいよ。だって彼女、尖足になってるんです。まともにリハビリをさせていたら、絶対にこんなことにはならない。あなた、保険のこととか調べられないの？」

「ＡＬＳ患者さんでも、家族に負担をかけたくないと一人暮らしをしている人がいました。詳しい人に聞いておきますね」

結局その日は施術が終わった後、蔣先生と光希くんはリビングに行ってしまい、そのまま帰ってこなかった。スマホという薄い板を触ってみたかったのに。

そういえばあれ以来、大畑さんも来てくれない。きっと姉が断ってしまったのだろう。そんなに私を世界から隔離しておきたいのか。いつまで私はこの部屋に閉じ込められたままなのか。

姉が憎い。彼女は自分の名声を守り、自尊心を満たすためだけに、6286日間にわたって私をこの部屋に閉じ込めてきた。

そして母と父が悲しい。あの姉の言動に対して、見て見ぬふりをしているだけなのだ。親だから子どもの心がわかって当然なんて死んでも思わないけれど、誰がどう見てもおかしな状況を何であなたたちは是認してしまうのか。

蔣先生とか光希くんとか、赤の他人が見ても異常な空間なのだ。いくら私が喋れないからってわかるでしょ。この場所から抜け出したい。ねえ海くん、このささやかな期待さえも傲慢なのかな。

今の私はもう赤の他人に希望を託すしかない。

＊

母の様子がおかしい。なぜか蔣先生の漢方薬を隠したり、大畑さんの持ってきたノートパソコンを納戸《なんど》にしまい込んだり、香織の治療を邪魔しようとするのだ。事故に遭ってから、あれほど献身的に介護をしてきたというのに、一体どういうことなのだろう。今は香織のビジネスを成功させることが一番に大切なはずなのに。このおんぼろになった家で、障害者の妹と共にただ年老いていくなんて絶対に嫌だ。私にはあと何十年もの人生が残されているのだから。

リビングにはレコード会社から送られてきた段ボール箱が積まれている。ベストアルバムに100枚限定で香織のキスマークを封入しようと提案したのは我ながらいいアイディアだったと思う。だけど映画化という派手な話と比べると、あまりにも地味な商売にげんなりとする。こんなんじゃだめだ。

香織の部屋では、ヘルパーの清水くんが痰吸引をしているところだった。オムツのせいなのか、この部屋は少し臭くて苦手だ。

駅前の百円ショップで買ってきた口紅を香織の口に塗りたくり、ブックレットを顔に押し付ける。確認すると上手い具合にキスマークになっていた。ファンの心理とは不思議なものだ。こんな他人の唾液がついた紙切れに価値を感じるなんて。サインといい、その紙の上にもう本人はいないというのに。

機械的にブックレットを香織に押し付ける作業は二時間ほど掛かった。

「香織も可哀想だよね。今じゃこうやって口に紙を押し当てるくらいでしかお金を稼げないんだもん。でも、お姉ちゃんが何とかしてあげるから」

古臭いカーテンが風に揺れた。今日は雨になるのかも知れない。母とは一度、じっくりと話し合う必要がある。

652

夜中から強い風が吹いていた。明け方に近付くにつれ雨足も強まり、私の部屋の窓にも大粒の雨が打ち付けられる。

家の軋む音が聞こえる。築30年を越える家は天井に黴が生えたり、二階では雨漏りがしたり経年劣化に苦しんでいた。本当なら建て替えを考えてもいい時期なのだろう。家の外で大きな衝撃音が聞こえる。庭の白樺《しらかば》が折れて塀に当たったのだろうか。

少し前の私なら、このまま家が飛ばされることでも祈ったはずだ。

オズの魔法使いのように、竜巻に家ごと飛ばされて別世界に行くことができたら、どんなにわくわくするだろう。あの悪い魔女が履いていた銀の靴を手にして再びこの足で歩いてみたい、と。

　だけど今はもう、そんな妄想は必要なかった。だって蔣先生の鍼が少しずつではあるが、確実に私の身体を変え始めていたから。毎週何度も来ては、おざなりに関節を回して帰っていただけの作業療法士たちとは違う。そもそも彼らは本当に資格を持った療法士だったのだろうか。

　今日も先生が来る日だ。屋根打つ雨は朝方には止んで、昼前の東京はすっかりと青空が広がっていた。暑い日になりそうだ。効きの悪くなった部屋のエアコンだけでは、全身が汗ばむほどだった。インターフォンの音が聞こえる。蔣先生のようだ。玄関から声が聞こえる。今日は光希くんはいなくて、先生が一人で来てくれたらしい。

　いつものように蔣先生は私の部屋へ向かおうとするが母に止められる。

「先生、お願いしますね。昨日から肩が凝ってて困るんですよ。台風のせいかしら。気圧がおかしいでしょ」

　蔣先生は「まずは香織さんです。お母さんはあとで診ますから」と言って、私の部屋に入って来ようとする。しかし母は信じられないことを口にした。

「香織は治らなくていいんですよ。あの子はああやって横になっているのが幸せなんです。どうせもう年なんですから。変に回復しちゃっても世間にお見せできるような姿じゃないでしょう。香織はあれでいいんです。もう大丈夫ですから」

蔣先生は絶句しているようだった。私も衝撃のあまり、母が何を言っているのかすぐには理解できなかった。姉だけではなく、母までが私が元気になることを望んでいないというのか。彼女は私が目を開けた時、泣いて喜んでくれたではないか。18年間、きちんと私の世話を続けてくれたではないか。それが治らなくていいというのは、どういうことだろう。

姉が無邪気な様子で会話に加わる。

「ちょっとお母さん、さすがに香織が先なんじゃないの」

「あら、お姉ちゃんも美容鍼をお願いしているんでしょ。この先生、すごいんだって。色んな有名人を診てるんですよね。私たち、若返っちゃうかもよ」

蔣先生は黙っている。母は無邪気に先生に要望を伝える。窓から少しだけ見えた空は、青すぎるほどだった。もう9月だというのに、これから夏が始まりそうな気さえする。棚引く雲たちが一瞬で北へと流れて行った。空しさが身体中に染み渡っていく。

一体どうして？

娘の回復を望まない母なんているのだろうか。意味がわからない。何かの間違いなのか。あんなに優しくしてくれたでしょ。可愛がってくれたじゃない。優しく抱きしめてくれたよね。心を入れ替えてくれたんだと思ってた。今度こそ娘に向き合おうとしてくれたんだと思ってた。それがどうしたの。ねえ、どうしたっていうの。何があったの。よくわからない。全然、わからない。ヘルパーの清水くんが、身体の向きを変えに来てくれた。そのせいでもう空は見えなくなってしまう。

どれくらい時間が経っただろう。少しの間、眠ってしまったようだ。

窓から、子どもの頃に遊んだセロハンを空中にかぶせたような赤い光がこぼれているのがわかった。空がただれたように滲んでいる。Aマイナーセブンスがよく似合う色。もう夕方になってしまったのだ。

暗くなった部屋に、のそのそとした巨体がやってきた。母だ。彼女は私が寝ているベッドの脇に腰掛けて、身体を優しく撫でる。

その笑顔は柔和で、さっき聞いた蔣先生とのやり取りが、出来の悪い悪夢なのかとさえ思えてくる。本当は蔣先生が来るのは今日ではなかったのに、次の鍼が待ち遠しくて見てしまったおかしな夢。きっとそうだ。

母はあどけない笑顔のまま私を抱きしめる。ふと子どもの頃を思い出した。まだ小学校にも行く前。幼稚園に行きたくなくて、駄々をこねた時。母は私を抱きしめて、ずっと家にいたければいていいのよと言ってくれた。家にいてもご飯は食べられるし、テレビは観られるし、運動だって庭ですればいい。友達だって家に連れてくればいいじゃない。無理に家の外になんて出なくてもいいのよ。それを聞いて泣いた覚えがある。あれは、嬉しくて泣いたのだろうか。

私を抱きしめたまま、母は話し始める。とても、たわやかな声で。

「ねえ香織、びっくりした？　何で蔣先生を帰しちゃうのって。別にね、嫌がらせをしたかったわけじゃないのよ。今のあなたのことはきちんと愛しているんだから。事故に遭ってからのあなたはとても愛おしいの。本当よ。お人形みたいになったあなたは、心底かわいい。まるで赤ちゃんだった頃に戻ったみたいなんだもん。

赤ちゃんって少しでも目を離したら死んじゃうんじゃないかってくらい小さくて、はかないの。一瞬で壊れそうなくらいに。だから私、大事に大事にあなたを育てたの。仕事にも出なかったし、好きな服を買うのだって我慢してた。お化粧だって止めてたのよ。そんな時間があれば、あなたに愛情を注ぎたかったから。

小さい頃からあなたは人気者だった。かわいい、かわいいって言われて、主役はいつもあなた。私はどこに行っても、ただの香織のお母さん。誰も私のことを名前で呼んでくれやしない。ちゃんと私にも名前があるのにね。お母さんのことは誰も褒めてくれないの。早起きしてお弁当を作っても、お裁縫が大嫌いなのに学芸会のために衣装を縫っても、みんなが注目するのはあなただけ。

そんなに頑張ってきたのに、物心がついてからのあなたは私にばかり辛く当たった。早口で私の失敗を追及したり、狼のような目で私を睨んできたり、一体、私が何をしたっていうの。親だって人間なのよ。傷つくし、怒るし、悲しむ。毎日、悲しかった。あなたは家を出てからも私のことを馬鹿にしていたでしょう。インタビューで読んだわよ。貧乏くさい田舎の家で育ってきたって。

どうしてもあなたは思い通りにいかないのね。あのね、香織、お父さんとのこと、ずっと気付いていたのよ。月に何度もあんなことをしていて見つからないと思ったの？　ここは私の家なのよ。知らないはずがないでしょう。そうね、香織は悪くないわよね。あなたは寝ていただけよね。でもその状態を作り出したのは誰かしら。あなたがこんな事故に遭うから、お父さんがあんなことをしちゃったんじゃない。

私、気が狂いそうだったのよ。結局、私とあなたは徹底的に波長が合わないんだって。敵同士なんだって。

だけどお母さん、今度は頑張ったのよ。よくできていたでしょう。誰にも褒められなくても、誰にも認められなくても、必死にあなたを愛そうとしてきた。

でもね、もしもあなたが全部わかっているのなら、もう無理。この身体の中にいつの間にか大嫌いな香織が戻っていたなんて。あなた、私のこと馬鹿にしているんでしょう。蔑《さげす》んでいるんでしょう。見くびっているんでしょう。いい加減にしてよ。もうあの地獄はこりごりなの」

母はベッドから立ち上がり、私の勉強机の、一番下の引き出しを開けた。大きな木目の板のようなものを取り出す。

「お父さん、最近は香織を訪ねて来ないでしょう。理由を教えてあげよっか。あなたがもう魅力的じゃないからなのよ。あなた、自分の年齢を知ってる？　今の自分がどんな風になっているかわかる？　初めは家族で相談して、あなたに鏡を見せるのを止めようと決めたの。だって事故の後は打撲のせいで顔が腫れ上がっていたから。可哀想だと思った。病院でも気をつけてもらったのよ。中には意識があるかどうかわからない人にそこまでするなんてという声もあったけれど、私たちの精一杯の優しさだった。家に帰ってきてからもずっと気をつけていたでしょう。お風呂場や洗面所にはカバーをつけてたし、あなたにスマホやタブレットを見せなかったのも顔が映り込んでしまうから」

母は木目の板を持って、一歩ずつ私のもとへ近付いてくる。

「でもね、もういいわよね。変な期待を持たせるのは逆に可哀想。あなた、もしかしたら復帰できるんじゃないかって最近思ってるでしょう。どうせ無理なのよ」

母は愛らしい笑みを浮かべて、板を開ける。鏡だった。まだ太陽が沈みきっていないのか、夕日がわずかに反射して、何かの物体を赤黒く照らした。母は一歩ずつ私へと近付いてくる。私は、そこに「何」が映っているのかわからなかった。何とか目を凝らして、「それ」が「何」なのかを明らかにしようとする。

短く刈り上げられた髪がてんでんばらばらの方向に伸びている。猪八戒《ちょはっかい》のように丸々とした輪郭に、肌荒れのひどい顔。頬には赤い斑点がいくつもできていた。伸びっぱなしの眉毛に、そのままになっている何本もの鼻毛。だらしなく鼻水までが出ている。目元は窪み、何重もの皺がくっきりと刻まれていた。肝心の瞳もうつろで、どこを見ているのかわからない。口はだらしなく弛緩《しかん》していて、よだれがこぼれそうだ。特に下あごにはこぼれるほどの贅肉が張り付いていた。不気味なほどに太っているのに、しっかりとほうれい線だけは刻まれている。その皺は首元にもつながっていた。しかし首は太くなりすぎて、元々の形を留めていない。何百回も洗濯機にかけられただろうTシャツからは、骸骨みたいに細い腕が覗いていた。藤色の皮膚は、まるで使い古したトレーシングペーパーのような質感だ。「それ」はとうに還暦を過ぎた老婆のようにも、遠洋漁船が捕獲したマグロのようにも、おとぎ話に出てくる怪物のようにも見えた。

「それ」を映し出す鏡の隣で、弾けるような笑顔を浮かべる母。皺のない艶々とした肌に、輝くほど潤いのある髪。マスカラとアイシャドーのおかげで元々大きな目がさらにくっきりと見える。年齢と同様、見た目とは相対的なものだ。加齢と整形のせいで醜いと思っていた母の顔は、「それ」と比べると非常に美しく感じられる。「それ」はずっと無表情だったのに、眉間に皺を寄せて悲しそうな顔を見せた。

「ねえ香織、驚いた？　この顔の人間にはさすがのお父さんも手を出せないわよね。だってあなたはもう、女じゃないから。人間でもないのかしら。お母さんね、海くんって子のこと、本当に偉いと思っているの。こんな顔に毎年会いに来てくれるなんて。いくら香織の文章の代筆を頼んでいるからって、別に直接あなたと向かい合う必要はないのにね。いくら払っているのか知らないけれど、どうせ大した額じゃないはずよ。真面目なのかしら。それとも罪悪感なのかしら。

最近来るようになった光希くんもすごい。だってあなたのファンだったんでしょう。私があなたのファンだったら思わず目を背けていたと思う。憧れの人が、こんな顔で、呻き声しか発せない、オムツをした状態になっているなんて。あなたにはもう若さもない、才能もない、排泄さえも自由にできない。

ねえ香織、あなたにはもう何もないのよ」

鏡の中の「それ」は、眉間の皺を解いた。目も口も、顔中がだらしなく弛緩している。「それ」は悲しんでいるようにも、笑っているようにも見えた。

＊

遠くまで白い海が広がっている。いくつもの光の粒が波の上を跳ねて、それが水平線の向こうまで続く。本当は窓の外には果てしのない闇が広がっているはずなのに、不思議と白い光に包まれているようにしか感じられない。

地球周回軌道上に浮かんでいた宇宙ホテルからは遠く離れてしまった。長年過ごした客室を後にする時は悲しくなるのかと思ったけれど、がらんとした部屋を見てせいせいした。あの日と同じようにスーツケースを引きずってフロントを目指す。何も告げていなかったのに、いつもの青年が待っていてくれた。遠慮がちに一緒に行こうかと聞いてくれたが断ってしまう。どうせ口先だけの嘘だとわかっていたから。

思い立って「捨てていいから」と言ってスーツケースは彼に預けてしまう。どうせもう荷物は必要なくなる。このホテルにはもちろん、地上に帰還することもない。

青年は困惑した顔をしつつも、スーツケースを受け取ってくれた。彼はポケットから使い捨てカメラを出して、二人の写真を撮る。どうせこのホテルでは現像なんてできないのに。

これでもう本当に地上へは戻れなくなる。そう覚悟を決めると、哀しみの代わりに不思議な高揚感が身体中に染み渡った。隣に立つ青年の横顔は、もう何万回と目にしたはずなのに、なぜか知らない人のように感じられる。どうしてこんな旅に出ることになったのだろう。

「神様っているのかな」

独り言のようにつぶやく。何で急にそんなことを口にしたのか自分でもわからない。青年もまるで独り言のように返事をしてくれた。

「宇宙は作れるんじゃないかっていう科学者がいるんだ。人工的にビッグバンを起こすことができれば、研究室から新しい宇宙が誕生する可能性があるんだって。もしかしたら僕たちの宇宙もそんな風に生まれたのかも知れないね。

だから創造主という意味での神様がいても不思議じゃない。だけど創造主ができるのは宇宙を作ることだけ。その後は自分で作った宇宙への介入はおろか、観測もできない。仮に神様がいても、きっと全知全能とはほど遠い存在なんだろうね」

これまで勝手に作り出してきた歌の世界と同じだと思った。

地上へと帰還する赤い鶴が描かれた機体を通り過ぎ、何の塗装もされていない無骨な船体に乗り込む。他に乗客は誰もいないようだった。音もなく巨大な船はホテルを離れた。旅立ちの日とは違って、耳障りな重低音も甲高い金属音も聞こえない。

あっという間にコマのような円盤状のホテルは遠くなる。巨大なソーラーパネルが太陽光を反射させたと思ったら、すぐに全ては暗闇に飲まれてしまった。やがてUTCが意味を持たなくなっていく。もうすぐで私たちは同じ「今」を共有できなくなる。

青年が、はなむけの代わりに教えてくれた有名な物理学者の言葉を思い出す。

「過去と現在と未来の違いはしつこく続く幻でしかありません」

時間の流れや変化は幻であり、宇宙は一筋の時間の連続として整列しているわけではないというのだ。

彼は慰めのつもりだったのだろうが、何て残酷なことを言うのだろうと思った。記憶という頼りのない舫《もや》いが、生まれ育った星やホテルと「今」をつないでいる。一緒に行った海。眩しかった街。キスをしてくれたこと。過ぎた日々が確からしく感じられる根拠は、この頼りのない記憶の中にしかない。その舫い綱が切れてしまえば、過去と未来が混じり合う代わりに、きっとこの「私」も消えてしまう。

＊

「香織ちゃん、楽しみにしていてね」

海くんが車椅子を押してくれる。黒いキャップを被っているせいで髪型はわからない。ただ表情がとても穏やかなのが嬉しかった。満たされた日々を送っているのだろう。隣には帆波と二人の子どもがいた。柔らかな茶色のボブに白いワンピースを着た帆波は、まるで妖精のようだ。とても二児の母には見えない。

「模様替えは光希くんが頑張ってくれたんだよ。昔の香織ちゃんのインタビューを取り寄せて、こんな部屋が好きなんじゃないかって想像してくれたの」

海くんはさも自分のことのように自慢をする。部屋の前では、髭を生やした光希くんが照れ笑いをしていた。少し太った彼は事業部に異動になってしまったが今でも定期的に顔を出してくれる。

「映画のために集めた資料を使っただけですよ。お母さんやお姉さんから当時の香織さんの部屋の様子を聞けたので、初めはそれを再現しようとしたんです。でも時代が違うんで発想を変えました。お母さんが満足しているかどうかわかりませんけど」

部屋の中から廊下に出てきた母が大げさに微笑む。

「やだ、私もこの部屋、気に入ってるんですよ」

遅れて出てきた姉が母に茶々を入れる。

「お母さん、本当のこと言ったほうがいいよ。花柄のカーテンだけは残したいって大騒ぎしたじゃない」

「あれは香織が好きだったんだから。でも香織も40代なんだから趣味も変わるって言われて納得したの」

母は笑いながら言い訳をする。だけどその表情はとても晴れやかだった。

「ごめんなさい、遅れちゃいました。今日はお誘いありがとうございます」

玄関には中年男性が立っていた。細い目とジャガイモのような輪郭には覚えがある。あの研修医だ。光希くんの話では父の病院を継いで今は群馬に住んでいるらしい。今日に合わせてわざわざ来てくれたようだ。

「じゃあみんな揃ったし、香織ちゃんの部屋でお祝いしようか」

海くんはみんなを部屋に案内した。この部屋へ入るのは一週間ぶりだ。映画化が決まった臨時収入で、部屋を改装しようという話になったらしい。急に父が言い出して、光希くんが乗り気になってくれたらしい。

せっかくなのでデビュー日に合わせて改装を間に合わせようとなった。映画のために新曲が書き下ろされるなんてことはなかったけれど、制作は順調に進んでいる。

海くんが恭しく扉を開ける。

真っ白な部屋だった。部屋中に純白の壁紙が貼られ、床には白いタイルが敷き詰められていた。大嫌いだった花柄のカーテンはなくなり、代わりに小さな丸形の窓が三つ並んでいる。夢に出てきた宇宙ホテルの客室にそっくりだった。

海くんと光希くんが協力してベッドに寝かせてくれる。真っ白い天井。染みなんてどこを探しても、ただの一つもない。

窓の外を見ると、白い海が眩しく光っていた。世界が白に満たされていく。

81、81、81。魔法の数字と共に懐かしい旋律が聞こえてきた。プールサイドで必死に書き留めたメロディー。一番最初に覚えたCメジャーコード。最後の最後で海くんに足してもらったフレーズ。夢よりもはかなくて遠い日々。

81、81、81。学校から帰って一人で本を読んでいると、祖母から「お風呂が沸いたよ」と言われる。それにいつも「ありがとう。でも先に入ってて」と応える。

だけどもう、うまく数字を数えられない。45、76、34、27。海くんと一緒に海沿いを歩く。対岸に倉庫の並んだ殺風景な夕暮れの道。隣では二人によく似た男の子が笑っている。35、71、29、46。天井にはもう数えるものがないから。

ホテルの図書室で青年と一緒に読んだ詩集。彼が描いてくれた肖像画。レコードが散らばった部屋でしたキス。夜更けまで続いたパーティー。懐かしい数え歌が白い光の中に消えていく。日々が混ざり合う。
68、12、54、67。微笑みの人々に囲まれる。81、81、81。もう意味がなくなった数字は白い海の中に溶け出していく。
水平線の先に何かが見えたはずなのに、どうしてもこの目に焼き付けることができない。波打ち際では、新しい光が生まれては去っていく。その痕跡は不思議なことにどこにも残らない。あなたたちへの怒りさえも、白い海の中に消えていく。

あの日、奈落の底から見上げたような白い宙《そら》を前に目を閉じる。もう歌はいらないから。

参考文献

エイドリアン・オーウェン『生存する意識』みすず書房、２０１８年

学習研究社編『ジュニア サイエンス大図鑑』１９９３年

カルロ・ロヴェッリ『時間は存在しない』ＮＨＫ出版、２０１９年

木村繁『宇宙島への旅』朝日新聞社、１９７８年

ジーヤ・メラリ『ユニバース2.0』文藝春秋、２０１９年

ジャン＝ジャック・ルソー『人間不平等起源論』光文社、２００８年

小学館編『宇宙開発』１９８３年

スティーヴン・ミズン『歌うネアンデルタール』早川書房、２００６年

東京ウォーカー編『東京ウォーカー CLASSIC 2000's』KADOKAWA、２０１８年

BEAMS編『WHAT'S NEXT?』マガジンハウス、２０１６年

A Warm Thanks to

Yuu Yasui　Wookyung Kim
Daisuke Kameyama　Naomi Ookura

Masami Hatanaka　Naomi Yoneyama　Saori Fujisaki
Takeru Satoh　Minoru Aoi　Chiaki
Keisuke Nakajima　Hinako Sano　Ichiro Shinohara
Mamiko Akimoto　Yasushi Akimoto
Daisuke Yoshida　Sayumi Gunji
Daisuke Suzuki　Yosuke Ito　Yoshimi Watanabe
Mami Ninagawa　Tsukasa Hasebe

Tadashi Kazemoto　Nanako Nishiyama　Naotaka Uchiyama
Yuji Goto　Yukari Nakase　Yutaka Yano

初出　「新潮」2019年12月号

装画　池内晶子「Oct.20,2017」／gallery 21yo-j
装幀　新潮社装幀室

古市憲寿（ふるいち・のりとし）

1985年東京都生まれ。社会学者。慶應義塾大学ＳＦＣ研究所上席所員。日本学術振興会「育志賞」受賞。若者の生態を的確に描出し、クールに擁護した著書『絶望の国の幸福な若者たち』（講談社）で注目される。著書に『だから日本はズレている』『誰の味方でもありません』（ともに新潮新書）、『保育園義務教育化』（小学館）など。2018年、初の小説単行本『平成くん、さようなら』（文藝春秋）を刊行。翌年の『百の夜は跳ねて』（新潮社）とともに二作連続芥川賞候補作となり話題を呼ぶ。本作は三冊目の小説作品。

奈落《ならく》

二〇一九年一二月二〇日 発 行
二〇二〇年 一 月二〇日 二 刷

著 者 古市憲寿《ふるいちのりとし》
発行者 佐藤隆信
発行所 株式会社新潮社
東京都新宿区矢来町七一
郵便番号 一六二—八七一一
電話 編集部（03）三二六六—五四一一
読者係（03）三二六六—五一一一
https://www.shinchosha.co.jp
印刷所 大日本印刷株式会社
製本所 加藤製本株式会社
乱丁・落丁本は、ご面倒ですが小社読者係宛お送り下さい。送料小社負担にてお取替えいたします。
価格はカバーに表示してあります。

ISBN978-4-10-352692-6 C0093